KB259989

이장님 이장님
우리이장님
이미숙 두번째 수필집
도서출판 파란

들어가는 말

가끔 TV를 통해 동물의 농장을 자주보게 된다.
인간과 동물과의 교감이 어떤 운명처럼 다가 온다.
각기 다른 모양으로 태어나 서로 다른 삶의 방식으로
살지만 가족을 사랑하는것 그리고 상대를 이해하고
가까이 다가서면 아무도 적이 되지 않고 사랑하게
된다는 것이다. 말 못하는 동물이지만 눈빛으로 몸짓으로
의사 표현을 하며 세상 살아가는 방법을 알고
있다면 사람인들 어떤 누구를 만나더래도
즐거움이 앞서지 않을까? 이장님 시리즈를 엮으면서
많은 사람을 만났고 그들과 함께 하며 삶의
아름다움을 만났다. 시골에 살면서 그저 촌부로만
있을것 같은 그들은 순수한 시인이요 우리들이
기다리던 목마른 곳에 샘물이 솟는 무한한 인어들의
마술사였다. 책이 출판되고 나니 좀더
재미있고 감동이 전달되는 이야기들이 많았었는데
못다한 것들의 아쉬움이 남는다. 아직도 잠재된
재능을 발휘한다면 쉬임없이 일어 나는
크고작은 일들이 먹이 사슬처럼 끊임없이
딸려 나올것 같다.

지금도 앞마당에 내차가 서 있으면
전화벨이 울린다.
"오늘은 출근이 늦어지네
커피한잔 하구가 방금 밭에 갔다가
싱싱한 오이, 가지, 호박, 따논거 가지고가"
그때부터 난 바빠지기 시작이다.
집안청소 식구들 식사
대충차려 입고 쪼르르 달려가면 야채를
듬뿍 안겨주고 거기다 보너스로 된장, 고추장,
간장까지… 너무 행복하다. 아무래도
난 이곳에서 천년만년 살며 글을
쓸 것이다. 무한한 이야기들이 하늘에서
뚝뚝 떨어질 것 같다.
몇날 며칠을 교정 교열에 애쓰던 영자샘, 정희샘께
고마움을 전하고 싶다
어렵게 추천사를 부탁했는데 흔쾌히
들어주신 박수자선생님께도 감사를 드립니다.

추천사

[햇살 바르던 날]은 작가의 첫 번째 수필집이다.
두 번째 수필집 [이장님 이장님 우리이장님]으로 두 권을 남겼으니 작가는 불멸의 존재가 되었다.

나는 작가와 20년 지기다. 30대부터 지천명까지 일상을 같이 했다. 밤새워 시화전을 준비하고 문학회 활동을 했다. 서로 거울이 되어 바라보며 나이 들어 갈것이다. 언제 봐 주어야 하는지, 조언을 해야 하는지 얼굴만 봐도 안다. 느긋한 충청도와 급한 경상도 기질을 아우르며 잘 지냈다.

작가의 두 번째 수필집에 글 한편을 쓰는 특권이 기쁘다. 그래서 자기 기만에 빠지는 현학적인 평이나 작품을 미화하는 잘못을 범하지 않으려 한다.
작가의 온전한 삶에 대해서만 말하고 싶다.

작가는 잘 먹는다. 이 세상에 맛 없는게 없다며 달게 먹는다. 혹여 작가와 삼겹살 먹을 때 말 시키지 마시라. 퉁방 맞는다. 잘먹는 사람 성격 좋다고 작가는 둥글둥글 원만한 성격을 가졌다.
남녀노소, 가릴 것 없이 사람들이 주변에 많다.
늘 허허 웃고 다닌다. 작가의 글이 찰지고 쫀득한 옥수수 같이 구수하게 읽히는 근원이 여기에 있다.

작가는 잘 잔다. 머리만 대면 그 곳이 안방이다.

가끔 코골이로 옆사람 고문해도 당신은 얄밉도록 푹 잔다. 작가는 매사 긍정적이다. 공동체 문화와 전통적 가치가 글속에 베어 나온다.

경로당 할머니들과 양푼보리밥과 호박범벅해 먹으며 어울리는걸 즐긴다. 어른들 모시고 관광 갈 때면 인기가 짱이다. 며칠 경로당에 가지 않음 왜 안 보이느냐고 난리다. 작가 남편 모임에도 남편보다 작가 팬이 많다. 그래서 작가의 글은 따뜻한 사람 온기가 스며 있다.

작가는 잘 논다.
노래도 지치지않고 부르고 춤도 일품이다. 리듬을 탈줄 안다. 스트레스를 그때그때 푼다. 이장님 시리즈는 작가가 속상했던 소재다. 글이 재미있다는 것은 통통 웃음을 섞어 맛있게 버무렸다. 글이 재미있다는것은 최고의 경쟁력이다, 적절할 때 유머를 이끌어 내는 것은 작가만의 강점이다.

작가의 글은 일상과 일치되어 있다. 삶이 글이고 글이 삶이다. 현재 진행형으로 치열하게 사는 삶의 중심이 한 권의 책이 되었다.
이것이 이미숙 수필가의 진실이고 역량이다.

작가의 글은 싱싱하다. 장마철 버드나무 줄기에서 품어내는 비릿함이 있다. 삶과 글이 분리되지 않고 밀착되 작가의 올 곧은 삶에 나는 박수를 보낸다.

이 책을 받아든 당신. 입가의 근육을 풀어라. 웃을 준비가 되어 있는가? 웃지 않을려고 애쓰지 마시라.
톡톡 튀는 알밥 한그릇을 비우기전 당신은 유쾌 할 것이다.

―박 수 자―

목
차

1부, 이장님 이장님 우리이장님

걸어 다니는 악기

수위가 좀 더 높아지기 전에 빨리 멈춰야 한다. 몇 번이나 다짐을 했건만 마음대로 조절이 되질 않는다. 다른 사람도 즐겨듣는 소리라면 악기 연주하는 사람도 좋으련만 그렇질 못해 애가 탄다. 오히려 기죽어 사는 날이 더 많다. 어쩌다 연주가 시작되면 창문을 열고 뛰어가는 사람이 있는가 하면 얼굴에 오선지를 그리며 눈이 찢어져라 흘기는 사람도 있으니 여간 곤란하고 민망한 일이 아니다. 이찰나에 동정표를 던지는 사람이 있는가 하면 죽어도 싫다고 반대표를 던지는 사람이 있어 판가름하기 곤란한 일이 생기자 우리이장님 중계에 나섰다

"아니 그럴 수가 있어요. 민폐를 끼치면 안 되잖아요. 좀 참아보세요 이런 일로 이야기하기가 너무 민망하네요. 고스톱 치고 노는 건 좋지만 서로 화합을 위해서는 예의를 지킵시다."

얼굴 붉어진 그녀는 어쩔 줄 몰라 한다. 그래도 눈만 뜨면 자주 보는 얼굴인지라 서로 미안해하며 위로 아닌 위로를 한다. 그 일이 있은 후 어찌된 영문인지 그녀가 나타나질 않는다. 마을 사람도 조금씩 궁금해하기 시작한다. 내 탓도 네 탓도 아닌 생리적 현상은 어쩔 수 없다는 둥

여기에 자유롭지 못한 우리이장님 집으로 찾아 가봤지만 외출중이다.
혼자 몸으로 사 남매를 말없이 키우며 참으로 억척스럽게 농사지으며
성실하게 살아온 그녀가 아니던가. 잠시 휴식이라고 하면 겨우 마을 회
관에서 고스톱 치며 스트레스를 푸는 것이 유일한 낙이었음을 알면서
도 좀 심한 말을 한 것은 아닌지 후회하고 있다. 서로 이해한다면 그깟
냄새 좀 난다고 죽는 것도 아닌데 너무 구박한게 아닌지 모두들 걱정이
다.

모내기가 한창이고 봄바람에 실려 오는 쑥 향기가 물밀듯이 쏟아지던
어느 한낮 그녀가 나타났다. 초췌한 모습이지만 밝은 웃음을 띠고 아무
일 없었던 것처럼 막걸리와 파전을 들고 와 한잔씩 하잔다. 꿀 먹은 벙
어리처럼 서로 얼굴만 바라보며 아무 말도 못하고 있는데 한의원에 갔
다 왔다며 그동안 장에 가스가 많이 차서 그랬다며 몸을 돌보지 않고 너
무 많이 써서 고장이 났다며 약을 지어왔으니 괜찮을 거라고 오히려 안
심을 시키며 활짝 웃고 있다.

심각한 병이 아니라서 다행이라며 서로 어깨를 두드리며 또 한 번의

화해와 미안함이 노을처럼 밀려오고 싱그러운 그녀의 이마가 어둠속으로 묻히어 간다.

건강검진 받으러 가는날

　이장님은 하는 일도 많다. 새벽 다섯시면 논밭 휘둘러 본 다음 방송을 하고 동네 밤새 안위를 살피고 훤하게 동트면 집으로 돌아온다. 오늘은 동네 사람들이 건강검진 받으러 가는 날이다. 농촌도 옛날과는 달라졌다 오히려 도시 사람보다 문화혜택을 더 받고 산다. 그들은 처음부터 그렇게 살지 않았기 때문에 관심을 가지지 않을 뿐이다.

　홀수 짝수로 걸러서 1년에 한 번씩 가는데 이번에는 짝수라서 나도 한 몫 끼었다. 아침을 굶고 오라니 모두들 빈속이다. 덜커덩거리는 차안에서 한참을 가다보니 속이 뒤집힐것 같다.

　시간이 조금 지나자 보건소 직원인 인솔자가 하얀 쪽지를 내민다. '주소 이름 주민번호 연락처를 적어주세요' 모두들 한참 적고 있는데 나이 드신 어르신은 주민번호를 몰라 허둥지둥 하니 우리이장님 진땀을 뺀다. 그래도 인적사항이 적힌 것을 들고와 해결이 됐나 싶었는데 아주머니 한분이 사고를 친다. 주소, 주민번호는 이장님이 해결 했는데 전화번호를 모른단다. 여러 사람이 이쪽저쪽에서 자기 집 전화번호도 모르냐고 다그치니 영감이 아는데 노인정 놀러 가서 안와서 모른다

한다. 그러면서 하는 말, "옆집 전화 놓을 때 같이 났는데 비슷 할겨," 우리이장님 답답해지기 시작한다. 어쩔 줄 몰라 쩔쩔매니 구관이 명관 이라고 구이장님 한마디 거든다. '거 아들네 집에 전화해서 물어봐' 하 지만 이장이 된지 얼마 안돼 아들번호도 모른단다. 갑자기 차안이 소란 해지기 시작한다. 퍼즐 맞추듯 겨우겨우 전화번호 알아내고 서류 통과 시켜 놓으니 그 아주머니 아무 일 없었다는 듯 코를 골며 잔다. 아무 생 각 없이 자는 모습이 어린아이 같다.

병원에 다다랐을 때 또 문제가 터지고 말았다. 인원 체크를 하고 있 는데 문제의 그 아주머니가 없어졌다. 아무리 찾아도 없어 모두 걱정하 고 있는데 맞은편 길 건너에서 그 아주머니가 어슬렁어슬렁 걸어오고 있다. 모두들 반가운 마음에 불러대니 슬쩍 우리를 쳐다본다.

"아니 글쎄 어디 갔다 오셨어요."

다급해서 묻는데 그 아주머니 천연덕스럽게 한마디 한다.

"왜? 배고파서 밥 먹었지 썩을 놈들 아침부터 밥을 굶어라 해서 사 람 기운 하나도 없게 만들어 이제 배부르구만"

배를 두드리며 히죽 웃는다. 아이고 우리이장님 속 터진다 터져! 건강 검진 때문에 쫄쫄 굶고 왔건만 그사이를 못 참고 밥이라니 에그에구…

결국 아주머니만 빼놓고 건강검진 할 수 밖에 없었다.

돌아 오는 길 아줌마가 삐졌다. 자기만 빠진 모든 사람들이 건강 검진 한 이야기들로 꽃을 피우니 다시 검사 받으러 간다고 이장님한테 떼쓴 다. 버스타고 다시 간다고 하는 걸 어린아이 달래 듯 설득시켜 겨우 집 으로 돌아왔다.

내리면서 하는 말

"내년에는 우리영감하고 같이 갈겨 니들한테 같이 가자고 안 헐겨"

모두들 의미 있는 웃음을 남기고 사라진다.

빵빵한 주머니

　할머니가 없어졌다. 우리이장님 예식장 전부를 뒤져도 행방이 묘연하다. 버스기사 아저씨 점점 험상 궂은 얼굴로 변하고 발칵 뒤집힌 버스 안 걸음을 재촉하는 사람들 좌불 안석이다. 기다리다 못한 순자 어머니 식당에 가 보라 한다. 행여 또 길 잃어버릴까 염려 되는 우리이장님 진땀 흘리며 다시 찾으려 버스에서 내려 가는데 저만치서 손자 손잡고 어슬렁어슬렁 걸어오는 할머니.

　"왜 그랴 남의 집 잔치에 오면 잘 먹구 가야지"

　먹을 것이 귀하던 시절 계란 한판에 축의금 대신하고 국수 한 그릇 얻어먹고 동네잔치 있으면 하루 종일 들락거리며 끼니를 때우던 시절을 할머니가 착각한 것 같다.

　헌데 이게 뭔 일인지 손자 주머니가 빵빵, 할머니 주머니도 빵빵하다. 버스에 올라타는 할머니에게 모두 곱지 않은 시선을 보내건만 아랑곳하지 않은 할머니는 주머니에서 하나 둘씩 꺼내 놓는다. 사람들이 먹을 수 있는 양식, 그것들이 있음으로 어쩜 살아가는 의미도 있지 않은가. 신기한 것도 많이 가져왔다며 맛 좀 보란다. 아무도 거들지 않자 이장

님에게 다가서더니 꽃무늬 같은 떡을 입에다 쏘옥 드민다. 얼떨결에 받아든 우리이장님 컥컥 거리며 사래기침을 하자 음료수도 챙겼는지 잽싸게 뚜껑을 딴다.

"에구에구 이걸 워치케 꿈쳐 왔는디 찬찬히 잘 묵어, 이장한테만 주는 겨"

아무것도 모를 것 같은 우리 할머니 그렇게 해서 미안함을 대신 하려나보다. 알고도 모르는 척 하는 것이 우리네 인심이요, 미덕이라 여기며 살고 있지 않은가. 버스가 고속도로를 한참 달릴 때쯤 출출 하다며 할머니가 꺼내 논 음식들을 하나 둘씩 집어 먹기 시작이다. 덜컹거리는 버스 안, 김 나간 음식들 주머니, 속 곰팡이 냄새가 섞여 약간의 멀미를 일으키지만 속정 깊은 할머니의 마음이 담겨 있어 먹는 재미도 쏠쏠하다.

낙서하는 사람들

"아니 세상에 누가 이랬을까?" 마을 회관 입구에 쓰레기를 잔뜩 갖다가 놨다. 모두들 수근거리지만 범인이 없다. 청소 잘하고 성격 좋은 성경이 할머니가 치우면서 으름장을 놓는다. 누구 짓인지 꼭 잡아오겠단다. 아파트 팔아 이곳으로 이사 온 노부부는 별것도 아닌 것에 열 내지 말라며 고스톱이나 치자며 안으로 들어간다. 자가용 하나씩 몰고 들어오는 할머니들 손에는 고구마 된장 배춧잎 김치 등등… 오늘도 하루를 엮어 갈 재료들이 속속 등장이다.

우리이장님 잠시 나와 유모차 자가용들을 주차장 안에 안전하게 세워 놓고 들어가 한분, 한분 안부를 묻는다. 먼저 마주하는 정이 할머니는 화가 잔뜩 나있다가 이장님 얼굴 보자마자 하소연 시작이다.

"아 글쎄 저 할망구가 내 돈 70원을 따고 그냥 간다 잔여, 영감 밥 줘야 한다나 뭐라나 나쁜 할망구 같으니라구." 씩씩 거리며 돌아 않은 할머니를 달래며 대신 고스톱을 쳐주는 너그러움이 모두를 평화롭게 한다.

잠시 후 순임이 할머니가 냉이를 캐 와서 국을 끓여 먹자하니 허리가

구부러진 영철이 할머니가 쌀을 씻는다. 한쪽에서는 10원짜리 고스톱이 그토록 재미있는지 밥상 차리기는 뒷전이다.

우리이장님 장단 맞추며 돈 잃어주느라 진땀이다. 가끔 마누라에게 동네이장이 아니고 머슴이고 심부름꾼이라며 투덜대던 모습은 어디로 갔는지 제법 진지한 모습으로 고스톱에 열중하고 있다. 냉이 된장국 냄새가 온 동네를 진동하고 몇 안 되는 동네 사람들 구수한 냄새에 이끌려 모여든다.

요즘은 정부에서 보조금도 나오니 간단히 요기하는 것이나 물품대는 충당되니 갈 곳 없는 어르신들 마을 회관으로 모여 서로 정을 나누니 다행한 일이다.

도시에는 갈 곳 없는 노인들이 많다는데 시골은 그나마 낫다. 서로 등을 맞대고 의지하며 살아가는 것이 큰 위로가 된다. 때로는 서로 토닥거리며 다시는 안볼 것처럼 싸우고 삐지고 심지어 분을 못 이겨 경로당 벽에 욕하는 낙서까지 하지만 자식들 다 도시로 보내고 서로 의지하며 살아가는데 역시 그들 뿐이라고 인정하고 보듬으며 산다. 궂은 일, 기

쁜 일, 슬픈 일 모두 해결해야 할 우리이장님 오늘도 할머니들과 함께 친구되기 위해 고스톱 실력 한껏 늘고 있다.

신발 한 짝

　차 문 밖에서 소리 지르며 손짓 발짓 다하지만 꿈쩍도 하지 않은 우리 이장님 아무래도 큰일이 일어난 것이다. 연락받고 찾아간 마누라 설득에 나섰지만 좀처럼 차 문을 열려고 하지 않고 오히려 그것을 더 꼭 끌어안고 마치 전투태세를 갖출 것처럼 의미심장하다.

　차 문 밖에서 한쪽 신발을 잃어버린 친구는 좀 전까지만 해도 오랜 고향 친구라며 주거니 받거니 술잔을 부딪치며 다정했던 모습은 어디로 갔는지 독이 잔뜩 올라 자동차 문을 부서져라 두들겨 댄다.

　"야! X놈아 나 집에도 못 가게 왜 안주는 거야! 빨리 내놔라 경찰 부르기 전에"

　하지만 어찌된 영문인지 소중한 보물을 다루듯 끌어안고 잠들어 버렸다. SOS를 불러 겨우 차문을 땄지만 이미 그 친구는 지쳐 집으로 가고 난 뒤였다.

　성실하고 부지런하고 인정 많은 우리이장님! 헌데 술만 먹으면 고약한 버릇이다. 아무 신발이고 발에 맞으면 그냥 신고 가는 버릇이 있어 종종 이런 일들이 벌어진다. 어디 그뿐이겠는가. 모처럼 가족나들이에

어머님과 식당엘 갔는데 그냥 발에 걸리는 데로 신고 나온 것이다. 마누라 깜짝 놀라 식당에 연락하려 했는데 보아하니 돈 좀 드린 신발인지라 모른채 하려고 했는데 아뿔싸 식당에서 전화가 왔다. 화가 난 주인 아줌마 당장 신발들고 오라는 명령에 죄송하다며 구두 한 짝을 내려놓자 옆방 손님 구두하고 바뀌었다며 전화를 한다. 불륜관계였는지 모른 척 해달라며 사정을 하는 바람에 위기를 모면했다.

세월이 가도 신발이 발인지 양말인지 관심이 없는 우리이장님 알고 보니 아픈 과거가 있단다. 어릴적 자전거 타다 뚝방에 떨어져 다리를 심하게 다친 적이 있는데 다시는 걸을 수 없다는 의사의 진단을 받고 좌절하여 절망의 세월을 보낸 적이 있단다. 장애인이 되는 줄 알았는데 부모님의 꾸준한 치료 덕분에 다시 일어서서 걸을 수 있게 되었단다. 한참 뛰어 다녀야할 청소년기를 그렇게 보내다보니 언제 운동화를 신어 보았는지 구두를 제대로 신어 보았는지 기억조차 희미하다고 했다. 지금은 건강한 모습으로 결혼해 잘살고 있지만 사연을 모르는 마누라 곤란한 일을 겪을때마다 황당하다.

　신혼여행 갔을 때도 술에 취해 구두 한 쪽 슬리퍼 한 쪽 신고와 가게로 뛰어가게 만들고, 처남이 결혼 기념일이라며 모처럼 데이트하라며 극장표를 건네주었을 때 농사짓느라고 검게 그을린 얼굴 뽀얗게 분바르고 잔뜩 멋을 내고 버스를 타는 순간 헉! 마누라 고추밭 매러 다닐 때 신는 파란 고무 슬리퍼를 신고 나오는게 아닌가. 결국 버스는 놓치고 마누라 뿔났고 울며불며 신세타령 하소연을 말없이 받아 줘야하는 우리이장님 참 불쌍타 이런 일이 자주 일어나다보니 이제는 구두 끝에 이름표를 붙였다.

　"이 구두는 바뀔 위험이 아주 높음 조심하시오"

영식이 할머니

너무 오래 살았나보다 세상 인심 이렇듯 볼것 못볼것 많이 보고 산다. 오랜 만에 오일장에 다녀왔다. 자식들 모두 도시로 떠나고 혼자 남아 살아남기 위해서 스스로 해야 할 일들이 많다. 이것저것 생활용품을 챙겨들은 오늘은 갈 길이 너무 힘겹다. 거기다 집까지 들어가려면 버스에서 내려도 한 참을 더 가야 한다. 고민 끝에 잡은 택시 시골길이라 차 돌릴곳 없다며 중간에 하차 하란다. 돈을 더 얹어 줄테니 조금만 더 가자해도 못가겠다며 줄행랑이다. 관절이 꺾이고 허리가 펴지질 않는다. 항상 마중 나와 보따리를 받아 들던 영감이 먼저 가버리고 혼자 남은 할머니는 정말 살고 싶지 않다. 억지로라도 죽고 싶지만 자식들 욕먹을것 같아 참고 또 참는다.

절뚝이며 걷는 길이 너무 멀다. 긴 논두렁을 지나 느티나무가 보이면 이장집이 가까우니 도움의 손길을 부탁하려 마음먹는다. 마침 들로 향하는 우리이장님 깜짝 놀라 받아든다.

몇 년 전만 해도 차가 들어가지 못하면 버스 기사들이 들어다 주면서 혼자 사는 노인들을 챙기곤 했다. 거기다 자잘한 일거리도 마다하지 않

고 거들어 주었다.

농사지어서 오일장에 내다 파는 이곳 사람들은 그것이 삶에 목표이다. 애써 가꾼 들깨, 콩, 고춧가루, 온갖 야채들, 그것들을 팔아 돌아오는 길에 순댓국에 막걸리 한사발 들이키고 이웃들과 기분좋은 만남을 즐기며 외로워도 힘들어도 버티며 살아가는 거다. 그렇게 지내다보면 새털처럼 가벼운 세월이 흘러 가버릴 것이다.

오던 길을 돌려 이장님 다용도로 쓰이는 경운기를 꺼내 온다. 덜커덩 거리는 자갈길을 지나 개울을 건너자니 오래된 경운기 힘들다며 낑낑 거리며 지나간다. 바람이 매몰차게 불어대는 황량한 벌판을 지나 띄엄띄엄 보이는 집들을 지나는 동안 늙어버린 경운기가 쉬었다 가잔다. 차비도 없고 정거장도 없는 길을 한참 가고 있는데 혁이 할아버지 손을 번쩍 든다.

시골에 살면서 청춘을 모두 보냈을 그들의 손등이 서럽다. 추워서 쩍쩍 갈라진 손등이 어디 그 한 가지 이유로만 그렇겠는가. 느릿하게 지나는 경운기처럼 느린 걸음으로 세월도 노을 속에 물들어 가고 있다.

평화를 깨는 이장님의 다급한 목소리가 울려 퍼진다.

"어이구 죄송해요 너무 오래 써먹어서 그런지 애가 말을 안 듣네요.

뒤에서 밀면 올라 갈 것 같다는 그 말 한마디에 끙끙 거리며 밀고 있다. 경운기도 미안한지 무사히 도착지까지는 갈 모양이다.

느린 걸음 수고스런 힘이 필요 했지만 그래도 택시에서 내릴 때보다는 기분이 한결 나아졌다. 목까지 차오르던 슬픔이 이장님 만나면서 서서히 잊는다.

하루가 지나면 또 이장님집 현관 앞에는 된장, 고추장, 나물들이 놓여 있겠지 그것들을 놓아두고 없어진 우렁각시가 누군줄 이장님도 알고 있는지 슬며시 보듬어 안고 들어간다.

그녀를 만나기 몇 미터 전

장마가 시작됐으니 우리이장님 지금부터 휴가다. 뙤약볕에 검게 그을린 얼굴이 아무리 거울을 들여다본들 백옥같은 하얀 얼굴이 될 리 없건만 아침부터 거울을 요리저리 살피며 머리에 젤을 바르고 힘주고 있다. 몇 올 남지 않은 머리칼 세우려고 용을 쓴다 써…….

바지에 줄을 세워 달라고 불쑥 내민다. 받아든 마누라 알면서 모른 척이다. 아마도 오늘은 눈감아 줄 작정이다. 무언의 약속이다. 니 알고 내 알지만 서로가 지켜야 할 자존심과 신뢰감이 오래된 부부에겐 있다. 그녀를 만나 갈비집을 가던, 커피를 마시던, 나름대로 자유를 찾고 싶은 그에게 후한 인심이다. 눈뜨면 일밖에 없는 농촌에서 이장이라고 남들이 못하는 궂은 일 좋은 일 가리지 않고 해야 하는 것이 그의 본분이기 때문에 우리의 이장님 어깨는 언제나 한짐이다.

오직 그녀를 만나는 날 하루만이라도 멋내는 그를 마누라 인심 쓰고 있다. 이장님 떴다하면 까르르 웃으며 달려든 그녀들이 왜 좋지 않겠는가. 애교는 커녕 살갑지도 않은 마누라보다는 가끔은 군침돌게 하는 그녀들이 엔돌핀을 만들어 주는 유일한 돌파구인지도 몰라. 알면서 모르는 척 마누라 시치미다.

  농사 일 밖에 모르던 그가 고운색을 입기 시작하더니 배꼽 아래로 내려입던 바지가 어느 날인가 벨트위에 얹혀 있는 것이 보였고 걷는 모습이 달라졌다. 경쾌한 발걸음과 붉은빛이 맴도는 얼굴이 윤기가 난다. 그런 남편을 바라보는 마누라 어쩌랴 그것도 건강을 위해서라면 어쩔 수 없는 일이 아닌가. 가끔 눈치를 보며 들어오는 그를 붙들고 한마디 한다. 만약 다른 여자가 좋아지면 돈하고 애들 놓고 다 가져가라고 큰 소리 뻥뻥 치지만 오래된 고목이라도 익숙한 집에 있는 나무가 좋지 새로 들여온 나무가 좋을리 있겠는가.

  눈으로 보지 않아도 비디오 필름처럼 종일 돌아가는 우리의 이장님 일상이 저만치에서 저당 잡혀 집으로 돌아오고 있다. 오늘은 노래방을 다녀온 모양이다. 딩동 문자 확인이 필요한 상황이다.

  "옵빠 잘 들어갔어. 마누라한테 혼나지 말고 업무에 충실하고 담에 또봐용"

  마누라 답을 보낸다.

"그래 이것아 너도 냉수 먹고 정신 차려라 니 옵빠 정신없이 자고 있응께 낼 전해 줄게"

세상 모르고 코골고 자고 있는 그를 슬쩍 굴려서 방바닥으로 패대기 치려고 했더니 갑자기 일어나 노래를 부른다. 밧줄로 꽁꽁 밧줄로 꽁꽁… 우리이장님 잠꼬대도 신난다.

내가 네비다

같은 장소를 세 번째 돌고 있는 중이다. 분명 한남대교 아래쪽 식당이라고 했는데 표지판은 보이는데 들어가는 길이 분명하지 않아 헤매고 있다.

출발 할 때 아들 네비게이션을 달고 오자고 했더니 우리이장님 당신이 네비라며 큰소리 뻥뻥 친다.

오랜만에 서울 나들이에 콧노래가 저절로 나오고 옆에 앉은 마누라 꽃구경 삼매경이다. 그것도 잠시 복잡한 시내로 들어서자 우리이장님 얼굴이 조금씩 변하기 시작한다.

"아니 그 사이 서울이 많이 변했네. 어찌 그 길이 그 길 같고, 이 길이 이길 같으니 도대체 알 수가 없네."

둘레둘레 여기저기 쳐다보며 영 시원찮은 얼굴을 하고 휙휙 지나가는 차들 옆에 들이대며 아슬아슬한 묘기를 하고 있다. 옆에 앉은 마누라 뚜껑 열리는 머리 식혀가며 운전 중이니 참자 다짐하며 숨고르기를 한다. 겨우 낮은 목소리로

"앗따, 전화 좀 해봐요. 이러다가 내일까지 가겠어요."

자존심이 강한 우리이장님 당신이 네비라고 큰소리 쳤으니 여기서 그냥 전화해 버리면 무너지는 체면이 말이 아닐 터 한소리 한다.

"뭔 소리여 조금만 참아 금방 찾을 수 있어. 옛날에 내가 다~아 다니던 길 아녀~! 한남대교 바로 옆 큰 식당이라고 했응께"

답답한 이장님 여기가 동네 한 바퀴만 돌면 그냥 저절로 알아지는 곳인 줄 아는지 돌고 돌고 또 돌고… 끼어들다 욕먹고 어떤 사람은 차문 내리고 삿대질에다 눈을 부릅뜨고 거침없이 쌍욕이다.

속 터지는 마누라 전화기를 잡았다. 모임 장소를 택한 남편 친구에게 전화를 걸었다. 펄펄 끓는 머릿속을 정리하며 최대한 교양 있는 목소리로 찾아가는 곳을 묻는다.

쉽다? 아니 쉬운 곳이라며 왜 못 찾는지 바보취급이다. 오히려 촌스럽게 한남대교를 왜 못 찾느냐며 네비게이션은 어디다 두고 고생 하냐며 핀잔이다. 제대로 열 받은 마누라 서슬이 퍼래서 방방 뜬다. 이놈에 동창모임 다신 안 온다며 용인으로 다시 내려가잔다.

이젠 자존심이고 뭐고 없어진 우리이장님 끼어들기가 절대로 허용되지 않은 곳에서 마구 끼어들어 간을 쪼그라들게 만들더니 이제는 아예 길 한가운데 세워놓고 길을 물어 본다. 감정조절이 되지 않은 두 사람 모두 돌아서 갈려고 하니 돌아오는 길이 너무 쉽다.

표지판도 훤하게 눈에 들어오니 그때서야 정신이 든다. 처음부터 쉽게 생각 했으면 찾기도 쉬웠을 텐데 조급한 마음에 잠깐의 여유로움도 참지 못한 것이다. 처음부터 잘못 들어 온 길이니 다시 시작해 찾아보자고 마누라 제안을 하니 쉽게 그러자고 한다.

근처에 다다랐을 때 친구들이 모두 나와 손을 흔들며 이쪽이라며 길 건너에서 소리친다. 환영 아닌 환영을 받게 된 우리이장님 서울 한 번 잘못 다녀와 큰 코 다쳤다.

이장님 몸에는 라디오가 있다

　이장님 몸에는 라디오가 있다. 가끔 경운기 엔진 소리를 냈다가도 심심하면 천둥 번개를 동반한 소낙비도 내린다. 들숨 날숨으로 인해 음악소리도 들리면 우리이장님 눅눅한 대지를 적시는 이슬과 함께 소란스런 숲들을 지휘하고 있다. 귀뚜라미, 풀벌레 소리는 귀를 즐겁게도 하지만 한 지붕 아래 숨 쉬고 있는 이들은 괴롭기만한 밤이니 어찌 할 줄모른다. 주파수만 잘 맞추면 소음은 다행히 피할 수도 있으련만 드라마까지 연출되니 마누라 오늘도 깊은 잠 자기는 틀렸나보다.

　계속되는 장맛비에 곡식들이 비틀거리니 근심이 늘어 한숨이다. 때로는 이런 날도 있다고 스스로 위로 하지만 좋은 날만 있길 바라는 우리이장님 살짝 다른 꿈을 꾼다. 언제나 반겨주는 그녀들은 웃음을 가져다주는 유일한 출구다 모든 삶이 꿈꾸듯 마음먹은 대로 흘러갔으면 하는바람으로 그녀들에게 다가가는지도 모른다.

　오늘은 한잔 하고 온 것이 많은 고민들을 털어 버리려 과용을 한것같다. 바지주머니 뒤적이던 마누라 카드명세표 확인하고 동공이 확장 된다. 아무리 흔들어 깨운들 단꿈에 빠져있는 우리이장님 이를 드러내며

큭큭 거리며 낮에 일어난 일들을 모두 재방송 하고 있다. 가끔 안테나 불량으로 찌지직거리긴 하지만 듣는 아이들은 재미있어 하고 마누라 안절부절 못한다.

세상 모든 것들이 크고 작은 소음들로부터 시작된다.

끊임없이 이어지는 소리들과 밤은 깊어 가는데 갑자기 옆집이 와장창 난리다. 선풍기가 창 쪽으로 날아들고 깨어진 그릇 파편들이 여기저기 흩어지니 이장님 언제 잠을 잣느냐는 듯 벌떡 일어나 참견 하러 나간다. 자빠진 강아지 앙살하듯 여자의 목소리는 높아만 가고 강한 책임감을 가지고 말리는 이장님 여자가 쥐어뜯는 머리채 남편대신 잡혔다. 아프다고 비명 지르기도전 남자 쪽에서 날아든 주먹이 볼 따귀에 퍽 눈두덩이 밤탱이 되고 얼떨결에 얻어터지고 정신이 번쩍 드니 화가 머리끝까지 올라 집에 들어와 또다시 혼잣말을 한다. (XX) 재수 없게시리…,

깊은 밤 아무도 봐주지 않은 이 시간 시청자는 없는데 계속되는 중계방송은 언제 끝나려는지….

꺼지지 않는 라디오가 원망스럽다.

사람도 세일 합니다

　사람 세일하는 곳은 없을까. 유명 메이커 옷을 샀다며 동네 사람들 옷 자랑이 한참이다. 불경기 붐을 타고 여기저기 세일의 물결이 일어나니 갑자기 사람은 안 되는지 궁금증이 생긴다. 윗동네 사는 애향회 회장님 빨간 조끼 입고 패딩점퍼를 걸치고 가격표도 붙인 채 오토바이 타고 한 바퀴 휭 돌고 간다.

　조금 있자니 그 옆집에 사는 부부가 똑 같은 옷을 입고 나타났다. 온 동네가 똑같은 옷, 비슷한 헤어스타일 등등…. 따라 하기에 바쁘다. 경제가 어렵다지만 그래도 시골은 살 만한 듯하다. TV에서만 보던 유명 메이커 옷들이 물결 따라 바람 따라 일렁이고 동네가 들썩인다.

　입이 바쁜 인영 엄마 우리이장님 찾아와 부채질이다. 70%부터 90% 까지 세일이라며 오늘 못가면 살 수 없다며 당장 가잔다. 아무리 강한 유혹이라도 끄덕하지 않았던 우리이장님 슬슬 호기심 발동이다.

　"거 싸게 판다는 데가 어디요. 갈건 아니지만 그냥 알아둘려구요"

　헛기침 몇 번하고 슬쩍 딴전 피우듯 돌아서려 하니 수다스런 인영엄마 같이 가자고 들썩인다. 그러나 개성 없는 것은 가라, 좀 더 특별하고

멋진 겨울을 보내기 위해 큰 결심에 나섰다. 관심 없는 척 했으니 누구하고 동행하는 것은 무리일 것 같고 혼자서 거리에 나섰다.

유명한 탤런트의 웃는 모습이 걸려있는 간판을 따라 매장에 들어섰다. 늘씬한 팔등신 미인들이 입구에서 미소를 날리니 마누라 하고는 비교도 안 되는 예쁜 그녀들 뒷모습을 따라 홀린듯 들어갔다. 이것저것 골라주며 잘 어울린다고, 멋지다고 하는 바람에 마누라 몰래 꿍쳐 논 수표 몇 장이 슬슬 나오기 시작이다.

매장을 나와 몇 발자국 옮기기도 전에 금방 마누라 얼굴이 떠오른다. 도끼눈을 뜨며 달려들 생각하니 아찔하다. 처음부터 이렇게 많이 사려고 한 것이 아닌데 잔뜩 부풀은 봉투를 보니 이제 쫓겨날 일만 남은 것 같다. 마침 궁금해서 찾아온 인영 엄마 덕분에 위기에서 벗어났지만 수표로 샀다는 이야기는 빼놓고 뭉뚱그려 껍데기만 이야기 하고나니 때맞춰 찾아온 인영 엄마가 고맙다. 동네 사람과 같은 옷은 사 입지 않으려고 했는데 사고 보니 모두 비슷하다.

나이가 들면 특별한 사람 없이 모두 비슷한 것 같다. 늙고 죽는 것이

어디 사람 마음대로 되는 것이겠는가. 아무리 좋은 옷을 걸친들 젊음을 살 수 없는 것이기에 사람들 마음은 그리도 조급해지는가 보다. 살아 있는 동안 못해본 것들을 다해야 한다는 심정으로 달려든다.

잠시 동안 시골 동네의 유명메이커 세일바람은 멈추지 않을 것 같다. 그래도 그 옷 덕분에 외출에 나서면 그녀들이 멋쟁이라며 색끼를 흘릴 때면 싫지 않은 표정이다. 여기에 힘을 얻어 마누라 앞에 당당히 나섰다.

어쩔 수 없다는 듯 포기하고 남편 가꾸기에 나섰다. 사람도 세일하는 데 있으면 덤핑으로 팔아버리고 싶지만 같이 산 세월이 아까워 단념하기로 했다. 참자니 마누라 주름만 늘어간다.

공짜표

"이거 뇌물 아니야"

"무슨 소리야 슈퍼사장이 우리하고 무슨 상관이 있어 우리동네 사람도 아닌데"

맞는 말이다.

이장이 무슨 벼슬이라고 뇌물운운 하니 자신 스스로가 웃음이 난다. 어쨌든 공짜표가 생겼으니 우리이장님 마누라 하고 외출준비 한창이다. 다른 날 같으면 장미다방 미스리를 생각했을 텐데 오늘은 꼼짝 말아다. 아이들도 잊지 않고 꼭 지켜주는 결혼기념일이다.

어쩌랴 이웃들도 나서서 모처럼 마누라하고 데이트 좀 하고 오라고 등 떠미니 우리이장님 마누라 손잡고 극장으로 출발이다.

프로그램을 자세히 보지 않고 들어간게 잘못이었다. 재미없는 영화 보느라 우리이장님 참다못해 코 골기 시작이다. 어둠속에 흘러나오는 배우들 목소리 보다 이장님 코골이가 더 울려 퍼진다. 영화의 한 장면이 되어 버린 것 같은 착각이다. 모든 사람들의 시선이 두렵다. 서둘러 나가려고 했건만 우리이장님 안방인줄 안다.

불이 켜지는 순간, 극장 안에는 단 둘 뿐이었다. 서둘러 나가는데 표 받는 아저씨 눈총이 따갑다. 공짜 좋아하다 마누라 큰 대가를 치르고 나왔다.

날개달린 자가용

　손잡이가 하늘을 찌르듯 높이 달려 있어 올라타고 시동 거는데까지 한참을 허우적거려야 목적달성을 할 것 같다. 거기에다 엉덩이를 받쳐 주는 의자는 어찌 그리 높은지 웬만한 사람은 올라 탈라치면 금세 앞으로 고꾸라져 균형 잡기가 만만치 않다. 이상스럽게 생긴 두발 달린 물건이 집으로 들여오면서 우리이장님 바쁘다 바빠!

　아침 일찍부터 논밭을 휘둘러 보고 동네 한 바퀴 돌고 나면 이상스럽게 생긴 물건 앞에서 온갖 모양을 꾸민다. 빨간 스카프를 목에 두르고 짙은 선글라스를 끼고 거울을 들여다 보며 만족한 미소를 짓는가 하면 날아갈 것 같은 손잡이를 만지작 거리며 연신 싱글벙글이다. 이럴 때면 우리이장님 세상 부러 울 것 없는 모습이다. 표정을 보니 아마도 장미다방 미스김 하고 드라이브를 멋지게 할 꿈을 꾸고 있는 것 같다.

　그것도 잠시 어찌 자가용이 쉽게 우리이장님 소원을 들어 줄어 같지 않다. 젊은 사람도 쉽게 다루지 못하는 어려운 이 물건을 우리이장님 어찌 할 것인지 궁금하다. 잘 할 수 있다고 걱정 말라고 큰소리치던 그 약속은 어디로 갔는지 며칠이 지나도록 집 앞에 전시만 할 뿐 도통 그

물건이 움직이질 않고 있다. 앞집에 사는 영철이 할아버지, 길 건너 순이 엄마, 옆집 아줌마 모두 지나치며 한마디씩 한다.

　"아이고 저렇게 요상한걸 누가 탈려고 갔다났댜. 우리이장님도 아닐거고 동네 사람도 이걸 타고 다닐 사람이 없는디 누굴까?"

　신기한 듯이 모두들 들여다보며 한심하다는 말을 하며 혀를 끌끌 찼다.

　날이 갈수록 마당 끝자리 잡고 있는 물건은 먼지만 쌓이고 우리이장님 근심만 늘어간다. 어찌하면 삶의 배경이 바뀌어 좀 더 재미있고 즐거운 일이 없을까. 궁리 하던 끝이 이것을 선택 했지만 후회가 막급이다. 생각해보면 며칠 전 술을 먹은 것이 웬수다. 동네 사람과 기분 좋게 한잔하고 2차로 노래방까지 돌고 오니 세워 논 88오토바이가 감쪽같이 사라진 것이다. 아가씨 불러 노래방에서 놀다 자가용을 잃어 버렸다면 마누라 뒤집어 질 것 같아 말을 못하고 자전거로 대신했다. 그러나 우리이장님 좋아하는 술을 누가 말리겠는가. 세워 논 자전거마저 홀라당 잊어버리고 발이 묶여 꼼짝없이 이 물건을 싼값으로 구입했다. 아마도

도시 사람이 버린 것을 조금 수리해서 어수룩한 우리이장님에게 팔아 버린 것이다.

애물단지가 되어버린 이 물건을 하염없이 바라보던 우리이장님 드디어 결정했다. 고물로 팔아버리고 다시 88오토바이로 변신했다.

꿈만 꾸다 물거품이 되어버린 우리이장님 언제 장미다방 미스김 하고 드라이브를 갈지 다음이 궁금하다.

꽃씨를 뿌리다

　방송이 떴다. 새벽이 가기도 전 이장님 졸음 오는 목소리 진행 중이다.

　"주민여러분 오늘은 꽃길 조성을 위해 꽃씨를 뿌리는 날이니 한분도 빠짐없이 협조해 주시기 바랍니다."

　몇 해 전만 해도 코스모스 길이 만발하여 가을의 정취를 듬뿍 안겨 주던 길이었는데 오랫동안 지켜오던 코스모스가 없어지고 외국에서 들여온 노란 꽃들이 들길을 차지하게 됐다. 그 꽃도 몇 해 보고 나니 싫증이 났는지 아님 옛날 꽃들이 그리웠는지 다시 심어보자는 의논이 나와 우리이장님 앞장서서 꽃길 가꾸기에 나섰다.

　"여기 표시가 있으니 잘 보시고 꽃씨를 뿌리세요. 농협에서 받은 거라서 여러 가지가 섞여있으니 꼭 확인하시고요. 아마 이 꽃들이 가을이면 우리 동네를 시작해서 옆 동네까지 이어 줄 겁니다."

　이장님의 열띤 연설에 모두들 박수를 치며 좋아 했다. 그런데 문제는 여기서부터 시작됐다. 꽃씨 종류가 여러 가지다 보니 우리 어르신들 헷갈리기 시작했다. 그곳에는 해바라기, 봉숭아, 채송화, 분꽃, 등등 한

박스를 내려놓으니 에라 모르겠다. 하는 심정으로 마구잡이로 집어다가 심기 시작한다. 무엇이 그리도 심각한지 서로 어떻게 해야 잘 나오는지 설명하며 앞서거니 뒷서거니 하며 열심이다.

바쁜 농사일이 시작되고 우리 모두는 그 일에 대해 아무도 묻거나 알려고 하는 이도 없었다. 온천지가 녹색으로 덮여 여름이 지날 때도 그 일은 오직 과거에 지나지 않았다. 찬바람이 일고 옆 동네가 코스모스로 길가를 덮을 때 불현듯 꽃씨 뿌린 일이 생각나 물었다.

"아니 옆 동네는 꽃이 만발하여 사진도 찍고 여기저기서 구경도 오고 난리인데 우리 동네는 소식이 없어요."

우리이장님 갑자기 버럭 화를 내며 소리 지른다.

"아 글쎄 뿌린 꽃씨가 개판으로 나왔어요. 그게 꽃길 조성이 아니고요 잡동사니예요 이것저것 마구잡이로 나와서 모두 낫으로 잘라 버렸어요. 내년에나 잘합시다. 내 잘못도 크고 한 가지만 가져와야 하는데…."

그 말이 끝나자 할머니 한분이 슬픈 표정이다. 몇 해 전 장마 통에 잃

어버린 손녀딸이 생각나서 심어 놓은 봉숭아다. 손톱에 빨간 물을 드려 주던 예쁜 손녀딸이 그리워 자기도 모르게 봉숭아 꽃씨를 많이 뿌렸다며 글썽인다. 이젠 가족이 모두 흩어져 혼자남아 시골 이곳까지 오게 됐단다.

어느 누구도 반겨주는 이없는 쓸쓸한 세상살이 살고 싶지 않다며 통곡을 한다. 마음 약한 우리이장님 괜히 미안해 하며 어쩔 줄 몰라 쩔쩔맨다.

모여든 동네 어르신들은 한마디씩 한다. 젊은이들은 다 빠져 나가고 글 모르는 늙은이들만 남았으니 이런 일이 벌어 졌다며 미안해하는 이장님 위로에 나선다. 그러면서 서로 자기들 좋아하는 꽃씨만 뿌렸다고 고백한다. 개성이 강한 우리 어르신들 대단합니다. 그 바람에 아이고 우리이장님 망했다 망했어. 당분간 우리 동네 꽃길 조성은 없다.

막춤

　사람 망가지는 것 순식간이다. 순박하고 일만하던 사람들 버스를 타고 귀청 터지는 음악소리가 나오니 약속이나 한 것처럼 소주 한잔씩 기울이더니 춤을 추기 시작이다. 그들이 권하는 술잔은 평생을 한동네에서 살아온 정이요, 우정이고 남은 인생 함께 갈 동반자들인 것이다. 가족 같은 이웃이기에 아무도 불편해 하거나 물리치지 않고 흥겨워 쉽게 허물어지고 바보가 되어간다.

　좁은 공간에서 한풀이 하듯 흔들고 있다. 어정쩡한 나는 그들과 섞여 한몸 되어간다. 모든 가식을 벗어버리고 서로 보이지 않던 속살을 보여주며 세상을 다 가진 것처럼 행복해한다. 요즘은 조금 모자란 듯 사는 것이 사람들에게 가까이 다가갈 수 있는 방법이란다. 너무 잘난 사람보다는 모자란 듯한 사람이 인기인 비결은 경쟁세력에서 밀려나 있기 때문이리라. 그렇다 보니 한번쯤 망가진다고 누가 뭐랄 사람도 없고 눈여겨보는 이도 없으니 이처럼 더 좋은 일이 어디 있겠는가. 행복이 별것 아니다. 이런 것이 다 가진 사람보다 행복하다. 다리 아파 꼼짝 못하던 순이 엄마 아팠던 기억이 없는 사람처럼 벌떡 일어나 흔들더니 덩달아

신이난 옆집 혁이 할아버지 덩실덩실 춤춘다. 우리민족이 흥이 많다고 하더니 맞는 말인 것 같다.

차가 흔들거리고 한참 열기가 오르니 아무도 자리 지키는 사람 없이 모두 일어나 흔들고 있다. 우리이장님 배 밑으로 흘러내리는 바지는 아랑곳하지 않고 흐르는 육수를 주체하지 못해 휴지를 둘둘 풀어 닦다가 사이렌이 울리면 모두 엎드려 외친다. 잠시 수그리고 있다가 일어나 다시 또 언제 그랬냐는 듯 흔든다. 사람 냄새 풀풀 나는 그들의 엉덩이가 즐겁다. 잠시 엉켜 있다가 제자리로 돌아가는 일상처럼 세상살이도 신명나는 일만 있었으면 좋겠다. 그런 날들이 기다려진다.

참새반 까치반

　공짜다. 공짜 싫어하는 사람 없다. 오죽하면 양잿물도 공짜라면 마신다는 말이 나왔을까.

　오늘도 마을회관앞에 사람들이 우루루 몰려있다. 이장님 무슨 일인가 궁금하여 기웃거린다.

　젊은 여자가 반색을 하며 뛰어온다. 화장지 한세트 공짜 과일 한 상자 공짜. 들어가 이야기만 들으면 된다 했다.

　처음엔 시큰둥하던 마을사람들이 동요가 일기 시작이다. 마을회관 앞 봉고차가 대기하고 있다. 데려다 준다니 거부할 것도 없어 한 두 사람이 올라타니 슬금슬금 모두 타기 시작이다.

　끌려가듯 매장안으로 들어갔다. 수백명이 되는것같다. 한결같이 질서 정연하게 앉아있는 노인들이 가득하다. 젊은 남자가 나오더니 노래방을 켜고 황진이를 시원하게 부른다. 박수치는 어르신들은 자식보다 저 사람들이 즐겁게 해준다며 행복해한다. 잠시후 젊은 남자 두 명이 나오더니 반이름을 부른다 그들은 익숙한 듯 대답도 잘한다. 각반을 나눈 뒤 힘껏 소리 지른다. 참새반 쨱쨱, 까치반 까~악 까~악, 이렇듯 반을

정하여 부르면 잘 훈련된 연수생들처럼 잘도 따라한다. 잠시 구경만 왔을 뿐 저들과 다른 생각을 가지고 왔다던 우리이장님 자신도 모르게 끝자리에 앉아 박수치고 노래 부르고 낄낄거린다. 어쩔 수 없어 동네사람 보호 차원에서 따라 왔건만 이렇게 재미있을 수 없다. 정신없이 노래 부르고 박수치고 제품 설명 듣고 하는 사이 시간은 훌쩍 몇 시간을 넘기고 있다. 처음으로 행복한 저들을 바라보고 있다. 부모님들을 정작 외롭고 슬프게 하는 것은 자식들과 떨어져 남남처럼 살아가고 있다는 것이다. 아무것도 아닌 작은 것에 행복해하고 있는 그들이 이장님 마음을 찡하게 한다. 젊은 남자들은 외로운 노인들의 마음을 잘도 찍어 내고 있다. 노래하기, 퀴즈 맞추기, 야한 농담을 곁들이면 애교까지 살갑게 비위를 맞춘다.

　이상한데 가서 물건 사들인다고 자식들은 부모들을 구박하고 야단이지만 그들만큼 외로운 노인들을 위해 즐겁게 해줄 수 있는가. 자식과 돈 이란건 울타리지만 마음을 치유하는 것은 그들이기에 곁에 있어 행복하다. 거기다 어쨌든간 물건 하나 사면 공짜로 준다니 당장 눈앞에

보이는 것은 거저 받는 것 같다. 그들이 말 할 때면 모든 제품들이 나에게 꼭 필요한 것 같아 샀다며 변명 아닌 변명을 늘어놓던 어머니 생각이 난다.

이해할 수 없었던 지난 시간들이 이곳에 와서 풀리기 시작했다. 이미 다른 세상으로 떠나버린 어머니를 이해 할 때쯤 되니 이제 철이 드나보다. 이제서야 어머니는 공짜가 아닌 외로움을 사들이고 있었다는 생각이 번쩍 든다.

물품 구입하는 것은 일시적이고 외로움으로부터 해방된다는 생각에 더없는 행복을 느끼고 있었을 게다.

젊은 남자는 나이가 많던 적던 누님이다 자식들에게 그런 대우를 받지 못한 것을 그들이 보상해주니 무슨 돈이 아깝겠는가! 사람의 마음을 사들이고 있는 그들이 부럽다.

간격

　개미는 베짱이를 위해서 열심히 일하고 베짱이는 개미를 위해 높은 나무위에 올라 노래한다, 헌데 요즘은 세월이 흘러 개미가 너무 일을 많이해 허리 디스크가 걸려 몸져 누워있어 일을 못하니 아픈 개미를 위해 베짱이가 매일 공연을 하고 개미가 벌어놓은 돈을 받아 간다는 것이다. 오늘은 이장님 베짱이가 되어 개미인 마누라를 데리고 제주도 여행에 나섰다. 부모님 모시고 농사일에 찌들어 여행이라곤 생각조차 못했던 일이다. 마누라 들뜬 마음으로 처음 타는 비행기 때문에 잠이 안온단다. 밤잠을 설치더니 아직도 먼 아침을 기다리느라고 밖에 별을 세고 있다. 친구들과 부부동반 여행이라서 그런지 편안한 여행이 될 것이라 생각한다.

　하늘 밑에 있는 세상이 저리도 작고 초라한지 처음 알았다. 내가 사는 세상, 아니 동네가 제일 크고 그게 전부인줄 알고 살아온 우리이장님 높은 하늘 속에 숨어 구름사이 비추는 세상을 바라보고 있다. 내가 이렇게 좁은 문에서 살듯 마누라와 30년을 넘게 살아오면서 이렇게 다정히 손잡고 여행은 처음이다. 유채꽃이 활짝 핀 들판에 들어가 막상

사진을 찍으려니 어색하다. 오랜 세월을 같이한 그녀가 이렇게 서먹할 수가 없다. 항상 곁에 있어 그림자 같았던 사람이 사진 찍기 위해 나란히 서있는 모습이 왠지 어색해 보이는 것은 그동안 무심했던 이장님 애정표현이 원인인 것 같다. 어쩔줄 모르는 이장님부부를 보다 못해 사진 찍는 기사님이 한마디 한다.

"처음 만나는 처녀 총각도 아닌데 좀 더 껴안고 다정하게 포즈 좀 취해 보세요." 그 한마디에 다른 팀들도 다시 자세를 잡으려 안간힘을 쏟는다. 한결같이 오래 살아온 부부들인데 어쩌면 저렇게 자연스런 포즈가 안나오는지 안쓰럽다.

어깨를 부딪치면서 손잡으라니 서로 얼굴만 빤히 쳐다본다. 마치 이웃집 남자 손잡듯 쑥스러워하는 부인들 처음 시집온 새댁같이 다른 사람들 시선이 부담스러워 어쩔 줄 몰라 한다.

사진 찍는데 천원짜리 유채꽃 밭 요금을 내고 일부러 연출을 하건만 어째 영 어색하다. 식당에 들어가 마주 앉아 아무 말 없이 밥만 먹으면 부부고, 옆에 살랑거리며 속삭이듯 앉아 밥 먹으면 연인이라더니 왠

지 그 세월을 훌쩍 넘겨 버린 것 같다. 갑자기 낯설어진 우리 모습이 사진 속에서 속삭인다. 어깨위에 얹어진 손이 무겁더라도 익을 대로 익어 버린 과일처럼 이젠 터져 농익어 버릴 때까지 기다리자. 그렇게 세월이 흐르다 보면 서로 눈빛만 봐도 편안할 날이 있을게다.

여행을 하며 서로 의식하지 못했던 소중한 존재였다는 것을 알고 바라보니 잊었던 애정이 살아난 듯 손을 꼭 잡는다. 서로 멀어졌던 간격이 여행을 하며 가까워지고 있다. 앞으로 개미의 허리를 잡는 일은 만들지 않겠다며 다짐하는 베짱이 이장님 새로운 사람이 되어 삶을 설계할 것이다.

눈 오는 날

　사람이 묻힐 만큼 많은 눈이 내린다. 어디를 밟아도 똑같은 평지인 것처럼 세상이 하얗다.

　밤 세워 내린 눈으로 미끄러져 차들이 엉켜있는가 하면 길가다 나동그라져 다치는 사람이 허다하다. 운전하고 나갈 생각하니 아찔하다. 오늘 만큼은 집에 갇혀 꼼짝하지 않고 눌러 있고 싶지만 거리에 나섰다.

　길이 미끄러워 보건소에 약 지으러 못 간다며 지연이 할머니가 찾아왔다. 이장님 이럴 때면 참으로 곤란하다. 아직 식사 전이고 눈곱도 떨어지기 전이니 슬쩍 짜증이 올라와 부어터진 목소리가 목구멍까지 올라온다. 하지만 어쩌랴 의지 할 곳 없는 외로운 사람이니 이장 집을 찾을 수밖에⋯ 많이 내린 눈이 길을 막고 있으니 오토바이가 무사히 움직여 줄는지 걱정이 앞선다. 눈이 조금 녹으면 가자하니 약이 떨어져 안 된다며 막무가내다. 어쩔 수 없이 나선 모퉁이길 조금 가지도 못하고 할머니와 함께 길 바닥에 나동그라졌다. 다친 본인 보다 할머니가 다쳤을 것 같아 일으킨다. 다행히 다친데 없는걸 보니 안심이다. 그래도 보건소는 가야 한다는 할머니의 고집으로 절뚝거리며 오토바이에 올랐

다.

봉사하는 거라고 좋은 일 하는 거라며 스스로 달래보지만 오늘만큼은 이장질 때려 치고 싶다는 마음이 간절하다. 자질구레한 일은 물론 거동 못하는 노인들의 심부름까지 챙기고 나면 정작 챙겨야할 가족들을 돌보는 것은 소원해진다. 아직까지 날씨가 그리 춥지 않아 연료를 사다 놓는 다는 것을 잊었다. 특수한 나무를 연료로 때기 때문에 신청을 따로 해야 하는데 더위를 많이 타는 마누라 춥다하지 않아 그냥 지난 것이다. 동네일을 보다보니 정작 해야 할 일들이 늦어지는 것이다. 김장 할 때도 도와준다고 팔을 걷어 붙였건만 면사무소 직원이 찾아와 도와줄 기회를 놓쳤다. 마누라에게 면목이 없다. 눈이라면 진절머리가 나는데 오늘은 마누라 손잡고 소주한잔 걸치고 푹푹 빠지는 길을 걸어보고 싶다. 꽃모양으로 발자국을 찍으며 부르던 노래가사를 생각해냈다.

"하얀 눈 위에 구둣발자국 바둑이와 같이 간 구둣발자국 누가 다녀 갔나. 새벽길을…."

현관문이 슬쩍 열린다 할머니 미안하다며 청국장 된장을 한보따리 안

고 들어온다.

　올겨울은 따뜻한 된장국이 넘칠 것 같다. 무 썰어놓고 우거지 집어넣고 된장 풀어 따뜻한 밥상 차려놓고 한바탕 놀이판을 만들어야겠다. 우리이장님 어깨 힘이 넘칠 때까지 .

아날로그에서 디지털로

　문자 확인도 안 되는 우리이장님 업무에 지장이 많아 농번기 접어들자 면사무소 출근이다. 무료 강의가 있지만 컴퓨터는 머리 좋고 눈 밝은 젊은 세대들이나 하는 거라며 관심밖 일처럼 여기더니 시대가 시대인 만큼 웬만한 업무는 문자 아니면 이메일로 보내니 어쩔 수 없는 노릇이다. 또 하나 여차하면 술친구들이 불러내는데 잘못하면 마누라 한테 들켜 혼비백산이다. 은근히 문자로 찍어 그녀들을 불러내고 친구들과 약속도 소리없이 해결하니 천군만마를 얻은 것처럼 이 아니 즐거울 수가 있겠는가. 허나 아날로그에서 디지털로 가자니 여간 힘든게 아니다.

　마을에서 같이간 영식이 할머니, 지연이 할머니 모두 잘도 하는데 조금 젊은 우리이장님 체면이 말도 아니게 힘들다. 예쁘고 싹싹한 컴퓨터 선생 자꾸만 늦어지는 우리이장님보고 곱지 않은 시선이다. 머쓱해진 이장님 이쁜얼굴이 인상 써서 밉다고 핀잔 아닌 핀잔을 준다. 겨울이 가기 전 어지간한 컴퓨터를 만질 줄 알아야 할 텐데 걱정이 앞서 새로운 다짐을 해본다. 갑자기 추워진 날씨 탓에 잘 터지지 않는 오토바이 겨우 시동을 걸어 놓고 한껏 멋을 부린다. 아무래도 오늘은 선생 한테 잘

보여 일찌감치 땡땡이를 칠려나 보다. 겨우 배운 문자로 술친구들과 약속하고 마누라한테 열공하느라 바쁘다고 할 참이다. 아니 그런데 이게 웬일인가. 만나는 사람들이 대단하다며 부러움 반 칭찬을 하고 있지 않은가. 컴퓨터 아무나 하는 게 아니라며 정말 괜찮은 남자라며 그녀들이 한껏 추켜 세워주니 우리이장님 어깨가 으쓱해지며 콧대가 올라간다. 컴퓨터 관련된 일은 마누라 손 안 빌리면 안 되는 줄 알았는데 이젠 자유를 찾은 것이다. 더 열심히 배우려는 욕심이 생겼다. 처음엔 힘들다고 못해 먹겠다고 투덜거리던 모습은 어디로 갔는지 닉네임 만들고 카페 들어가 채팅도하니 새로운 인생을 맞이하는 것 같아 얼굴이 쫙 펴졌다. 좀 더 있으면 마이크 잡고 방송하는 대신 문자나 이메일로 공지사항을 올릴런지 궁금해진다.

2부, 반으로 접기

반으로 접기

　기억을 되살리다 보면 단단하게 매지 못한 인연들 때문에 괴로울 때가 많다. 가을 하늘처럼 높고 푸르다 못해 심장이 아려오는 날, 바람처럼 흐드러지게 피어 있는 코스모스를 바라보며 나를 기억하고 있을까

　상처 때문에 서로 어쩔 수 없이 묻어야 했던 세월들을 되짚어 본다. 잠깐의 이기심과 욕심 때문에 빚어졌던 지난날들 어린 시절을 거쳐 철이 들 때까지 스스럼없이 함께 했던 날들을 지금 그리워하고 있지 않은가.

　이맘때쯤이었을까 가을걷이가 한창이었다. 내 전화번호를 어떻게 알았는지 이름 모를 번호가 나를 불렀다.

　"우리 아버지가 돌아 가셨다. 너희 부모님과 우리 부모님 사이가 안 좋았지만 여기서 끝내고 풀고 살자"

　그때 달려가 손을 잡아야 했다. 겹쳐지는 악연을 멀리하고 먼저 손을 내밀 때 모든 것을 던져 버리고 덥석 안아야 했다. 그때 닿지 못했던 마음은 살아가면서 이렇게 절망적 일 때도 없다. 지금 생각해 보면 특정한 것을 빼고는 꽤나 가까웠는데도 그랬던 것조차 잊고 지금은 어디에

있는지 무엇을 하는지조차 알 수 없다.

이것은 공간적인 거리가 멀어졌기 때문이 아니라 내가 그들의 기억에서 멀리 떨어져 있었기 때문이다.

사람들 마음속에 넣어 두어야 할 것 그렇지 말아야 할 것들이 있다. 머릿속에 생각하는 것처럼 정리해서 그대로 하면 좋으련만 그렇게 되지 않은 것이 마음인 것이다.

꼭 유쾌하고 아련한 인연으로 남아 있지는 않지만 그런 사람이라고 해서 마음이 반으로 접어 지지는 않는다. 그들을 다시 만나지 못한다거나 영원히 만날 수 없으리란 생각에 사로잡히면 자신도 모르게 힘들어진다.

나를 기억하는 사람이 없다는 것이 제일 두려워진다. 가끔 기억상실에 걸려 자기 자신을 알지 못하고 살아오는 이들을 볼 수 있다. 내 의지와는 무관하게 내 생에서 완벽하게 사라지는 존재가 있다는 것은 무서운 일이다. 아버지의 어깨가 그렇고 몇 가지 노동을 감수해야 하는 어머니의 삶이 버겁다. 자식들은 과연 그런 부모들을 어떤 마음으로 바라

보아 줄 것인가.

　가끔 투명 인간이 부러울 때도 있지만 이 고통스러운 자각에서 날이 선 것들에게 둥글게 만들 것을 원하면서 부딪치는 인연들에게 반만 접어주고 반은 남겨놓아 여유로운 공간으로 두고 싶다.

소금쟁이의 사랑방법

　수컷 소금쟁이가 암컷의 등에 올라 타 긴 다리로 수면 위를 톡톡 건드리면 우아한 물결을 본 암컷 소금쟁이는 이내 수컷을 받아들이고 짝짓기를 시작한다 했다.

　지나다 보면 조그만 연못이나 논 귀퉁이 웅덩 같은 데서 소금쟁이들의 우아하고 사랑스런 모습들을 보게 된다. 그 모습을 보게 되는 사람들은 시를 쓰거나 노래를 짓는다.

　그러나 소금쟁이들의 사랑하는 방법이 결코 보이는 것처럼 아름다운 방식이 아니라면 달리 생각해 볼 필요가 있다. 물결 만드는 수컷 소금쟁이의 사랑 방법이 암컷을 협박해 짝짓기를 한다면 그것은 구애가 아닌 강제성을 띄운 강간인 것이다. 생태계를 연구하는 사람들의 결과물이다.

　부부가 살아가며 소금쟁이처럼 겉으로는 아무 문제없이 조용한 물결을 만들며 잘 살아가고 있는 것처럼 보이지만 수컷인 남자는 아내에게 누구보다 친절하고 사랑하고 잘 지낸다고 만인에게 공표하며 뒤로는 딴짓 하기가 일쑤다. 아내는 같은 지붕아래 호흡이 같아 사는것이지만 속으로는 곪아 터져 파장을 일으키며 결코 이긴 것도 진 것도 없으면서 상처를 안고 살아가는 부부도 적지 않게 많다.

　부모 모시고 30년을 넘게 살아온 날들 그렇게 참고 속으로 견디며 살지 말았어야 했다. 이혼을 목숨보다 더 허락치 않았던 친정 부모가 원망스러울 때도 많았다. 이제 와서 고쳐지지 않는 남편의 고집과 대화가 되지 않는 날들을 손으로 집어가며 산다. 커가는 자식들 앞에서 부부싸움은 없어졌지만 침묵 속에 기다림이란 수컷 소금쟁이의 행패만큼이나 우울하다. 처음부터 양보하고 한 발자국 물러서서 살아 온 것이 나이가 먹을수록 후회가 된다. 수컷은 영원한 수컷이며 자존심이나 권위적인 것이 세월이 지나도 여전히 존재하고 있다.

　수컷 소금쟁이가 암컷에게 올라타 수면 위에서 물결 만드는 행동을 하고 있으면 물속에 숨어있는 천적들이 슬슬 피한다. 미꾸라지 메기 등등…. 그들을 가까이 올 수 없게 물결을 이용해 견제하며 대신 암컷의 등에 올라 타 포식자들의 공격을 막고 있다지만 사실은 암컷을 제압하기 위한 방법이다. 사랑이란 이름으로 겉으로 보기에는 암컷을 지켜준다는 미명 아래 암컷을 협박해 교미를 한다니 참을 수 없는 분노가 밀려온다. 더 참을 수없는 것은 그런 수컷을 받아들이고 짝짓기를 허락하고 있다는 것이다.

　여자가 이기려고 하면 할수록 질 수밖에 없는 것이 순리인 것처럼

많은 사람들이 믿고 있다. 부부란 관계를 깊이 생각하다 보니 어떤 결말도 나지 않아 덮어버리고 살았다.

질 수밖에 없다. 그것이 결혼한 자의 운명이라면 받아들일 수밖에 없지 않은가. 요즘은 황혼 이혼이 늘어나고 있다. 밖으로 소문이 나면 안 될만큼 여자들의 치부로 여겼던 부부 관계는 사실은 속으로 멍들어 가고 있다. 무조건 감추고 참아야할 이유는 없다. 당당하게 나서서 말할 수 있는 날이 오길 기대한다.

올 풀린 삶

　서서히 봄바람이 일면 모든 구멍들은 다양한 소리를 낸다. 땅에서부터 올라오는 바람소리는 나뭇가지를 흔들어 대며 새싹을 피워내고 사람들이 내는 소리는 잔잔한 봄날을 시끄럽게 하며 일상을 피워낸다. 이 많은 것들에게 주목하며 살고 있다.

　세상 모든 것들이 구멍을 통해 나오고 있다. 실체가 없고 텅 비어있는 무의 상태지만 비어있는 무엇을 향해 나는 무엇을 채울 것인가를 고민하고 있다. 온몸을 푸른빛으로 감싸고 있는 산과 들은 왜 이다지 슬프고 아린지 꼭 사랑하는 사람을 잃어버리고 살점을 도려내는 아픔을 토하듯 커져가는 외로움을 메울 수 없는 봄은 슬프다.

　오래전 만났던 슬픈 눈이 보고 싶어진다. 나지막한 울타리 사이로 불규칙한 흙 담장 너머에 그를 처음 만난 날 골단추, 복숭아, 살구꽃이 흐드러지게 피어 있던 날이었다.

　두레박으로 우물을 길어 올리던 앞마당 우물가 뒤쪽에 조그만 창문이 있었는데 습관처럼 담 넘어 그 집을 자주 들여다보곤 했다.

　어느 날 고양이 울음 섞인 소리 같기도 하고 사람소리 같기도 한 괴

상한 울음소리였다. 누렇게 빛바랜 창호지 사이로 검은 눈동자와 마주치게 된 것이다. 깜짝 놀라 도망치려고 하는데 울음소리를 내며 도움을 요청하고 있다. 조심스럽게 문을 여는 순간 기절 할 것 같았다.

덥수룩한 머리와 수염은 원시인 같았고 때가 낀 옷은 언제 갈아 입었는지 색깔조차 보이지 않고 누런 이를 드러내 보이며 웃는 모습은 어린 아이 같았다. 나보다 몇 살쯤 연상으로 보이는 그는 언제나 조그만 구멍을 뚫어 밖을 보며 울부짖고 있었다. 마치 '날 꺼내주세요. 세상 밖으로 훨훨 날아가고 싶어요.' 하면서 유난히 맑고 깨끗한 눈빛으로 말을 하고 있는 것 같다. 눈이 마주 치는 것이 처음엔 무서웠지만 자주 보니 친근감이 생기고 가끔 웃어 주기도 했다.

바람이 일던 어느 봄날 그의 눈이 슬프다는 것을 알았을 때 이미 세상 사람이 아니었다. 그는 꽃이 되어 바람이 되어 세상 어느 곳에 머물고 있을 것이다.

그렇게 만난 인연들이 한정된 시간들을 만들어 주고 문학을 할 수 있도록 비어 있는 것들을 통해 아픔이 되고 푸른빛이 되고 한 사발씩 들이키는 맑은 물이 되어 추억 속에서 묻어나오고 있다. 생명이 있는 것들

을 사랑할 때 단순한 기쁨보다 사랑하기 때문에 겪어야 될 아픔이 더 커져 두려움이 앞 설 때도 더 많았다. 내 기억의 창고들을 통해 실타래 풀리듯 한올 실을 뽑아 내밀한 정신세계를 차분하고 평화로운 불혹의 봄날로 바꾸고 싶다.

나무들은 가지로 잎으로 허공에다 시를 쓴다고 한다. 그들이 피워낼 이야기들이 너무 많다. 구멍을 통해 피워 낼 꽃과, 향기, 빛깔 그리고 빈 들에 피워 낼 생살을 틔우는 숨결들 등등. 인간인 내가 구멍을 메우는 일들을 그들보다 못해서야 체면이 서지 않을 것이다.

실밥 터진 삶의 올들을 스스로 풀어놓고 때로 헐렁한 옷을 입어 보듯 세상 모든 것들을 헐렁하게 뒤로 물러서서 바라 볼 수 있는 여유로움도 갖고 싶다. 진정한 문학인으로 거듭나기 위해서 너무 크게 뚫려 버린 구멍을 어떻게 채울 것인가. 고민해야 할 때가 온 것이다.

개인과 개인, 사회와 소통을 위해서는 설명과 설득이 필요한 시대에 살고 있다. 무거운 담론으로 오늘의 시대에 부합 할 수 없음을 너무도 잘 알고 있다. 그럼에도 중년에 봄날은 할 이야기가 많다.

지퍼열기

무릎 수술 받은 어머니 양쪽 무릎에 지퍼가 생겨났다.

구부러진 길처럼 울퉁불퉁 한 모습으로

검은 빛을 띠고 굳게 닫혀 있다

저 속엔 상처의 얼굴이 눈을 감고 있을 것이다

켜켜이 눌러 앉은 시간들과

잎사귀 다 떨어진 농번기에 病의 잡풀만 가득하다

나무처럼 휜 뼈들이 고통을 떨구고 있고

어머니의 고단한 일상이 봉합되어진 곳

지구를 몇 바퀴 돌았을 것 같은 저 무릎의 생이

지퍼 속에 갇히고 말았다

길게 뻗은 나뭇가지마다 붙어있는 잎

가만히 들여다보면 어머니의 무릎에

연두색 잎들이 돋아나 있다

나무들마다 연두색 지퍼를 열고

꽃들을 불러들이고 있는 봄

환한 어머니의 통증이 꽃처럼 떨어지고 있다

동그란 웃음

웃는 소리가 담을 넘는다. 그것도 오십대의 남녀가 함께 모여 낄낄 거리며 웃음을 멈추지 못하고 있다. 웃을 일이 없는 요즘 같아서는 그렇게 웃는 것이 이상할 정도로 철이 없어 보인다. 때와 장소를 가리지 않고 웃는다는 것이 쉽지만은 않은데 저토록 좋을까.

남편 동창 모임에 들어서면 그렇게 웃음이 헤퍼지면서 푼수끼를 발동한다. 초등학교 동창 모임이라서 그런지 부부 동반하면 내가 먼저 따라 나선다 어렸을적 별명을 서로 불러주기도 하면서 함께 놀던 시절들을 마주앉아 이야기 할 수 있다는 것이 얼마나 즐거운 일이겠는가. 그쯤 되면 모자라도 좋고 푼수를 떨어도 애교로 봐줄 만큼 행복한 웃음이 절로 나올 때가 된 것이다.

오늘은 이름 끝자리를 바꿔 부르기로 했다 여자들은 '숙' 자를 붙이기로 하고 남자는 '순' 자를 붙이기로 했다. 하나하나 이름을 붙여서 바꿔 부르니 너도나도 웃음바다가 되어 버린다. 남자들도 싫지 않은지 같이 맞장구를 치며 즐거워한다. 지나가던 사람들이 그 꼴을 봤으면 얼마나 유치한 일이었겠는가. 끝없이 이어지는 술자리에서도 서로 이름을 바

꿔 부르며 오십대의 봄날이 저물어 간다.

친구 자녀가 결혼을 해 모두 인천으로 출동이다. 기다렸다는 듯 아무도 결석하는 사람 없이 다모여 인천바닥이 들썩들썩 한다. 예식도 끝나기전 어디로 가서 웃음보따리를 풀 생각부터 한다.

집에 갈 것도 잊은 채 인천 부두를 헤매고 다녔다. 마치 젊은 날을 다시 찾아 가는 착각 속에 새벽이 오는 아침을 맞으며 오랜만에 스트레스를 날리고 있다.

새벽이 동트자 해장할 것을 찾고 있는데 핸드폰 벨이 울린다. 잔치 집에서 아침상을 준비한단다. 모두 어린아이처럼 좋아한다. 그것도 뿔뿔이 흩어져 가야할 사람들이 다시 원점으로 가야 할 판인데 그깟 밥 한끼 먹자고 새벽부터 운전해서 먼 길을 간다는 것이 쉬운 것은 아니기 때문이다. 그래도 싫다는 사람 하나 없이 전원 참석에 그 집으로 직행이다. 헤어지는 것이 아쉬운 사람들 그것이 좋은 친구요 오랫동안 생각나는 사람들일게다.

떼거리로 몰려간 친구들을 반갑게 맞이하는 우정이 새삼 부럽다. 따

끈한 콩밥에 된장국과 겨울을 이겨내고 움트고 나온 냉이 무침 시래기 나물 등등 무엇 하나 정성이 안 들어 간 것이 없다.

갑자기 국물이 목을 타고 넘으며 가슴이 훈훈해진다. 이런 행복이 계속 지속되길 마음속으로 빌어보며 동그란 웃음을 생각해 본다. 내 주위에 아니 세상 모든 사람들 곁을 떠나지 않는 웃음들이 찾아오길 바란다. 사람이 살면서 평생 웃는 것이 20%도 안 된다는데 너무 억울한 것 같아 앞으로 99%의 웃음 속에 살아볼 작정이다.

입맛

　달다 무엇이든 먹으면 달고 맛있는 것은 어쩔 수없는 식탐으로 갈 수 밖에 없는 상황이다. 그러나 어쩌랴 가는 세월 막을 수 없듯 자꾸 당기는 입맛 말릴 수 없으니 살을 빼기위해 하루도 거르지 않고 하는 운동도 그 입맛 때문에 모두 수포로 돌아가고 만다.

　쉽게 거절을 못하는 성격인지라 누가 권하면 시장기가 없어도 덥석 받아 먹는다. 말로는 칼로리가 낮은 것을 먹어야 된다고 하지만 행동은 정반대다.

　먹는 것도 복이 많다며 흐뭇해하시는 동네 어르신들을 보면 배불러도 마냥 입으로 직행이다. 그것이 독약인 것을 어찌 모르겠냐만은 입맛 좋은 것이 원망스러울 때가 더 많다.

　봄바람이 툭툭 치며 창가를 흔들 때면 생각나는 음식들이 있다. 말이 봄이지 겨울 못지않은 찬바람이 뼛속까지 파고들 때면, 묵은 김치 씻어 굵은 멸치 넣고 된장 풀어 푹 지진 다음 하얀 쌀밥에 비벼 먹으면 저절로 군침이 돌면서 입맛을 자극한다. 맛있게 먹는 모습을 보니 봄볕에 없어진 입맛이 살아난다며 그렇게 잘 먹을 때가 좋다고 한다. 나이

가 들면 모든 것이 다 쓰다하니 이해가 가지 않는다. 감기 걸려 죽을 만큼 아팠을 때도 입맛은 잃지 않아 꼬박꼬박 챙겨 먹고 다니니, 주위 사람들이나 식구들은 내가 별로 아프지 않은 걸로 착각한다. 연약한 척을 해야 사랑도 받을텐데 가만히 누워 있는 성격이 되지 못해 나는 언제나 무쇠다.

이웃 친구가 병이 났다. 평소에 나처럼 잘 먹던 사람이었는데 농사일에 지치다 보니 병이 난 것이다. 아파도 입맛은 살아 있다던 친구가 아무것도 먹지 못해 살이 쑥 빠졌다. 모든 것이 쓰단다. 맛있어서 고민이라던 그 친구가 그런 말을 하는 날도 있구나 생각하니 사는 것도 마음대로 되는 것이 아니구나 싶다.

사람들 사귈 때도 입맛대로 사귀는 사람도 많다. 어디 사람뿐이겠는가 요즘은 무엇이든 자기 입맛에만 골라 세상을 살아간다. 그러니 세상은 더욱더 각박해지고 사나워지고 이기적인 욕심 때문에 등을 지고 사는 것이 아닐까. 살아가는데 맛없으면 어떻고 좋으면 어떻랴.

이래저래 맞추며 살아가는 것도 스트레스는 덜 생기지 않을까. 살다

보면 내 입맛에 맞지 않아 쓰디 쓸 때도 있겠고, 단맛 날 때도 있겠지만 어찌 그것을 꼭꼭 챙기며 기억하며 살 수 있겠는가. 늙으면 혀끝의 감각도 떨어지듯 자신을 인정하고 사람들 사이를 비집고 들어가 그저 좀 모자란 듯 어울려서 한판 놀아 주는 것도 잘 살아가는 지혜가 될 것이다.

입맛이 쓰다고 고생하는 친구를 위해 달콤한 요리를 먹으러 가자고 부추겨 볼 참이다.

따라 다니는 그늘

그늘이 꼭짓점에 다달았을때 마당은 늘 바쁘다.

비스듬해진 낮달이 게으름을 감추고 널브러져 있던 햇빛들이 꼬리를 달고 점점 기울어지는 집 그림자 따라 뒤란에 있는 구기자의 벌건 추억이 손을 내민다.

한숨으로 간장독을 채우던 어머니의 손길은 벌써 가을걷이 하러 들로 향한다.

손님처럼 왔다가는 그늘 밑에 노란 탱자나무가 눅눅한 이불을 만들며 또 하나의 삶을 만들고 있다.

먼저 간 아홉 살 난 딸이 아직도 가슴속에 숨 쉬고 있다고 병명도 알지 못한 채 그렇게 보냈다고 냉수 한 사발 퍼 올려 장독대 위에 놓고 울며 풀어내지 못한 한을 쫓아내고 있다.

노을이 진자리 어둠이 있을 뿐 어느 누구도 어둠을 밀어내지 못한 그곳! 사연은 묻혀 가고 그 속으로 다가서지 못하는 나는 방관자였을 뿐이다.

이끼 냄새 가득한 뒤란의 뜰은 어머니의 유일한 방이었음을 아무도 알지 못한 채 그늘 속에 동반자 되어 세월 속으로 걸어가고 있다.

사다리 타고 올라온 금붕어

　명품이라며 귀걸이를 선물 받았다. 요즘은 명품 아닌 것이 없다며 신기해 하는 나를 보며 딸아이는 촌스런 엄마라며 웃는다. 평소 명품에 대한 호기심이나 막연한 기대감은 있었지만 막상 손에 쥐어주니 귀가 번쩍 뜨인다.

　내가 사는 이곳은 명품을 한들 알아 주는 이도 없거늘 몸에 지니니 고개가 뻣뻣 해지고 어깨가 쫙 펴지니 나도 어쩔 수 없는 속물 인가보다.

　여주에 명품 매장이 있다기에 지인들과 함께 구경 가 본적이 있다. 입구에 다다른 순간 몇 만 평이나 되는 광장에 차들로 꽉 차있고 입구에도 차량 행렬이 줄을 서서 기다릴 정도로 끊이질 않았다. 명품이라면 웬만한 사람이 꿈도 못 꿀 가격인데 이해할 수 없도록 사람들로 북적 거린다.

　50% 세일이라는 큰 문구가 눈에 들어온다. 그렇다면 반 가격은 얼마나 될까. 어느 정도 희망을 가지고 가격표를 확인 하는 순간 서민들은 감히 생각도 못할 액수에 그만 기가 죽는다. 이곳에는 가진 자와 가지지 못한 자의 희비가 실감난다. 또한 제법 인기 있는 매장 입구는 줄을

서야 들어 갈 정도로 사람들 행렬은 끝이 없다.

　지켜보고 있는 난 날씨도 덥지만 갑자기 가슴이 답답해져 옴을 느낀다. 이런 세상을 모르고 살아온 내가 잘못인지 명품만 고집하는 그들이 잘못인지 쉽게 판단이 서질 않는다. 자본주의 나라에서 명품을 몸에 두르고 돈을 물 쓰듯 한다 한들 아무것도 흉이 될게 없지만 더욱더 우울하게 하는 것은 화장실 청소를 하는 아줌마를 만나고부터다.

　두 달 월급 합쳐도 살 수 없는 물건이라서 아예 구경조차 하지 않는다고 했다. 죽어라 일해서 월급을 타도 그곳에 있는 손바닥만한 치마 하나 값도 되지 않는다며 쓴 웃음을 짓는다.

　경제 신문을 들춰보니 흔들리는 '안방경제' 란 큰 문구가 눈에 들어온다. 오를 만큼 오른 물가로 인해 대출받아 집장만 하고 이자도 못내 부부싸움만 늘어가고 아내들의 밖으로 반란은 계속되니 살아가는 의미조차 무의미하게 느껴진다니 큰일이다.

　평일 날 산에 올라오는 남자들이 많아질수록 불안감은 더해지고 혹여 그 속에 내 남편이 있을 것 같아 가슴이 철렁 내려 앉는다. 우리집 경제

도 항상 위태위태 하지만 많이 벌어다 주지 못해 미안해 하는 남편의 등을 토닥이며 적게 벌면 적게 쓰는 방법 밖에 없다며 서로 상처주지 않으려고 애쓴다.

몇 해 전만해도 여유로운 생활이 된 것 같은데 그때에 비해 일하는 시간은 많아지고 휴식하는 날들은 짧아져 사람들은 너무 바쁘다. 너무 바빠 마치 하늘로 솟아오를것 같은 삶을 살고 있다. 돈 더 벌면 더 나은 삶이 기다릴것 같지만 사람들은 물질에 노예가 되어 자유롭지 못하고 늘 탐욕으로 가득 차 있어 결코 행복하지 못한 것이다. 마치 어항 속에 있는 금붕어가 자기 자리를 박차고 뭍으로 나와 자유를 잃고 결국 죽음을 맞이하게 된 것처럼 누구든 소임을 다하지 못한다면 남는 것은 비극이다. 고통이 가열되고 있는 지금 작은 짐이라도 나누어 가질 수 있는 세상이 그리워진다. 사다리 타고 올라가는 금붕어는 없길 간절한 마음으로 희망을 가져본다.

뒤로 걷기

　어머니가 나를 세상에 내려놓듯 나도 어머니만큼 나이가 들었을 즈음 하나씩 내려놓는 연습을 해야 할 것이다. 영원히 내 것처럼 보였던 것들. 지금 내 앞에 보이는 산과 들, 그리고 가족들과 추억해야 할 모든 것들이 하나, 둘 미끄러져간다. 살면서 몇 번이나 뒤돌아보며 살까. 잘 닦여진 넓고 안전한 길로 가기위해 등 뒤의 어려움은 아랑곳 하지 않았다.

　뒤돌아 몇 발자국 옮기기도 전에 무너지고 말았다. 침을 맞고 약을 먹어야 할 만큼 뒷걸음의 실수는 큰 사고였다. 오랫동안 병원신세를 지면서 많은 것을 배운다.

　그동안 앞으로 보이는 것이 내가 바라 볼 수 있는 세상 전부였다.

　혼자 만이 가져가야 할 삶들이 등 뒤에서 수런거리며 기다리고 있음을 늦은 후회하며 또 하나의 눈을 찾고 있다. 꼼꼼이 챙기지 못한 가족들에게 미안함과 늦은 귀가에도 오늘 고생이 많았다며 등 다독이던 남편의 손짓이 남이 가진 것에 대한 욕심 때문에 보이지 않았다.

　실수하고 후회하며 사는 거라고 스스로 위로하며 발자국 옮길 때마다 하나씩 빠져나가는 것들에 미련을 가져본다. 내려놓을 수 있는 것들이

살비듬 떨어지듯 툭툭 보이지 않게 사라져가고 있다. 심장을 지나 내장마저 끄집어낸 자리에 휑한 구멍마저 생겼다. 옆구리 살마저 빠져나간 자리에 채워야 할 희망이 생겼다. 어머니가 나를 세상에 내려놓을 때처럼….

기억을 잡고 싶다

토막 난 기억들이 온몸을 헤집고 다녀 정신을 차릴 수가 없다. 냉장고 앞에 서 있으면서 무얼 찾는지 잊어버리는 것은 다반사고 이젠 자기 입에서 나오는 말도 믿을 수 없을 만큼 자신의 생각과는 달리 다른 말이 나온다. 이런 내가 서글프다.

목감기가 심해 병원을 찾았다. 접수하려고 앞에 나갔는데 예쁜 아가씨가 반갑게 인사한다. 아무리 생각해도 기억이 나지 않는데 이런 황당함이라니 상황을 보니 아주 잘 알고 지내는 사이 같은데 알아보지 못한 내가 미안해 물어본다. 베지밀 아줌마잖아요. 저 어렸을적 베지밀 공짜로 많이 주셔서 이렇게 잘 컸어요.

봄 향기에 싸한 바람이 스치듯 갑자기 생각나는 아이가 있었다. 그랬구나! 너였어. 엄마 잃고 아빠가 안고 달려와서 아이가 배고파하니 우유 좀 달라며 아무 대책없이 아이 좀 살려 달라며 울먹이던 너의 부녀를 잊을 수가 없지. 그 생각에 미치자 달려가 꼭 안아주었다. 그러고 보니 어여쁜 아가씨가 되어 너무도 대견스럽다.

지독한 생활고로 가족 모두 뿔뿔이 흩어지고 아버지와 할머니, 너, 세

식구였지. 할머니가 박스를 줍기 위해 아침마다 나타나는 날이면 어김 없이 너의 밥이 떨어진걸 알았어. 다음에 꼭 갚겠다던 할머니의 약속을 뒤로 한 채 할머니는 너의 손을 놓아버리고 아빠와 너는 흔적 없이 사라 져 버렸지 그래도 한 번도 너를 원망해 본적은 없었어. 내가 오히려 고 마웠지 누구를 도와 한 생명이 행복하게 잘 살았다면 그것이 살아가는 보람이 아니겠니. 너와의 소중한 만남을 이대로 기억하고 싶다.

바쁜 일상에서도 이런 날이 있는 걸보면 때로는 잘 살았구나 하며 스 스로 위로해 본다. 좋은 기억만 잡고 나쁜 기억은 놓을 줄 아는 배려도 있어야 할 텐데 나이가 들수록 엉켜버린 많은 기억들이 나를 놓아주지 않고 혼란스럽게 하는 것이 난감하다. 덤으로 사는 인생이 무얼까. 잠 시 생각해 본다. 날 위해 사는 것이 아니고 날 바라보는 모든 이를 위해 행복하고 건강한 삶이었으면 좋겠다. 그들이 날보고 웃을 수 있는 그런 좋은 만남이 있다면 그보다 더 행복한 일이 있겠는가.

내가 말해놓고도 들은 적이 없다며 딴소리하고 아무것도 아닌것에 서 운해하며 고집으로 뭉쳐진 그런 사람이 될까 두려우면서도 점점 그렇

게 닮아가는 자신을 붙잡고 싶다.

기억을 잡고 정리하고 싶다 좋은 것만 가지고 살기로….

만두를 먹다

　속이 꽉 차 있을 것 같은 만두속은 기대와는 달리 언제나 비어 있다. 마음이 비어서인지 만두속을 들여다 볼 때마다 채워도 항상 비워있을 것만 같다. 겉으론 아무렇지 않게 예쁘고 잘 만들어져 있는데 속은 채워지지 않고 비어 있다는 것이 화가 난다.

　공기를 갉아 먹는 오염된 마음처럼 언제나 저녁노을을 안고 그 남자의 등을 바라보고 있다. 결코 돌아 올 수 없는 강을 건너온 것처럼 길 건너에서 그 사람은 만두를 맛있게 먹고 있다. 여자는 커피숍에 앉아 가끔은 창문을 두드리는 빗방울을 바라보며 그 남자의 만두 먹는 모습을 바라본다. 우린 왜 신데렐라의 유리 구두처럼 꼭 맞는 신을 신고 만나지 못했을까. 그 남자의 따뜻했던 손이 갑자기 그리워진다. 세월의 시간과 강을 건너 함께 한지가 수 십 년을 지내 왔건만 알 수 없는 것은 각자 창문을 사이에 두고 서로 다른 생각에 잠겨 있을 때다.

　성격, 취미, 취향조차 같지 않아 어쩌면 영원히 같이 할 수 있는 일이 아무것도 없을 것 같은 남자다. 그러면서 남자는 자기에게 조금만 관심에서 멀어져 가면 투정을 한다. 사는 재미가 없다고 내가 누굴 위해 살

아야 하느냐고 금방 눈을 돌려 허공에다 대고 낚시질을 한다. 그리고 낚아지는 것이 없으면 슬쩍 여자에게 떠넘긴다. 내가 외로운 것, 슬픈 것은 당신이 잘 못한 것이라고 남자는 여자에게 모든 것을 떠넘기듯 말한다.

텅 빈 만두 속처럼 명예든 권력이든 사람의 마음속으로 들어가면 공통된 말은 혼자이길 두려워 하면서도 주위에 있는 사랑하는 사람들과 화합하지 못하고 혼자서만 고독한 척 한다는 것이다.

나이를 먹는 다는 것이 무엇이던가?

앞으로 살아갈 시간보다 이미 살아온 시간이 훨씬 길다는 것이다. 그래서 삶의 희망보다 삶의 기억들이 더 많은 무엇보다도 더 소중한 사람들이 아닌가 싶다.

남자는 아직도 먹는 것에 열중하고 있다. 넋두리만 늘어놓고 축 처진 어깨를 보이며 측은한 인생으로 보이는 것도 못할 노릇이지만 너무나 이기적인 저 남자가 싫다. 남은 인생이 너무 아깝다. 오늘을 향유하는 삶의 시간에서 추억하며 살아 본들 신명 날 일도 없겠지만 일상적으로

주어진 많은 것들을 소중히 생각하고 그려본다면 좋은 것에 성취로 남을 수도 있겠다.

하나님은 지구를 창조하실 때 남녀를 만드시고 생육하고 번성하여 온 땅을 지배하라고 하셨다. 시골이든 도시든 사람들이 살아가고 세상은 돌아가고 가정을 만들고 한 집에 살게 되면 남는 것은 '너와 나' 뿐이다.

마지막에는 너와 나는 함께 손잡고 세월의 긴 시간의 강을 건너야 하는 것이다. 여기서 가장 아름다운 말은 그래도 부부가 함께 한다는 말이 아닐까.

다른 사람 삶이 아무리 화려하고 단단해 보여도 채워지지 않는 만두 속처럼 열어 보면 똑같은 양념에 똑 같은 크기로 만들어져 사람 입 속으로 들어가 소화 될 때까지는 똑같다는 것이다.

남녀가 만나 오랜 세월 함께 하면서 첫날밤처럼 뜨거울 수는 없지만 삶의 연륜이 모아져 서로 따뜻한 등이 되어 주었으면 좋겠다.

인간의 삶에도 계절이 있어서 똑 같을 수는 없겠지만 요즘처럼 가을이 오고 단풍 들어 잎이 지면, 거리를 지나는 바람이 높아진 하늘과 살

갖에 스며드는 쓸쓸함을 남자는 알지 못할 것이다. 어쩌다 한번쯤은 보듬어 안아 주며 같이 살아 줘서 고맙다는 말 한마디를 주고받으며 살아가는 인생이 되고 싶다. 내 안의 나를 좀 더 자라게 하며 의존상태가 아닌 존재하고 있다는 것을 보여주며 당신과 나 함께 하고 있음을 확실하게 보여주고 싶다.

아들이 슈퍼에 가면서 만두를 사오겠단다.

여자는 말한다.

"아들아 속이 꽉 찬 만두를 골라서 사오렴."

박씨의 길

언덕너머 길마제 박씨는 이름도 성도 모르면서 날이 저물면 제집을 찾아오는 것이 신기하다. 흥건히 젖어있는 들판을 쏘다니다가도 누가 가르쳐 주지 않아도 여전히 갈대 입을 휘휘 젖으며 놀러 갔다 온 어린아이처럼 마당을 들어선다.

가끔 박씨가 부럽다. 자아를 상실한 본능에 의해서 보는 것, 듣는 것, 모든 것을 그대로 받아들이고 즐기는 것이다.

명확하게 지정해준 길을 간다는 것이 얼마나 슬픈 일인가. 자기 의지와는 상관없이 떠밀려 삶을 산다는 것 그것이 더욱더 사람들을 벼랑 끝으로 내 몰고 있지 않은가.

어느 길이든 잘 찾아내지 못하는 나는 그래도 기계보다는 눈과 기억력에 의지한다. 네비게이션이 데려다주는 길은 내 속마음을 전혀 모르지 않은가 봉순이네 암탉이 얼마나 알을 낳는지 앞집 처마 조롱박이 몇 개나 달렸는지 오늘은 박씨가 어느 집에서 밥을 얻어먹고 집을 찾아 왔는지. 하얗게 서리 내린 것처럼 늦가을에 피어 오르는 코스모스 벗 삼아 지나던 길고긴 고즈넉한 그 길.

　기억력을 핑계 삼아 가끔은 엉뚱한 길로 접어들어 생각지도 않은 반가운 것들을 보면서 사는 것이 이런 거구나 하며 행복하다.

　길눈이 어둔 탓에 주어지는 삶은 또다시 새로운 도전으로 다가 온다. 아리따운 아가씨의 목소리도 좋지만 아날로그를 선호하는 나는 아직도 박씨처럼 기억력에 의존하며 산다.

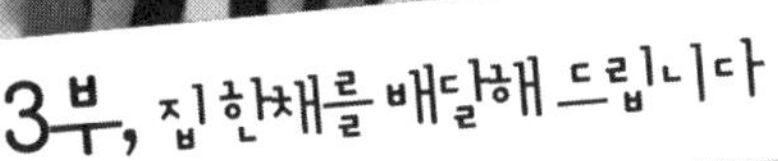

3부, 집 한 채를 배달해 드립니다

앞치마

　적당한 양념이 섞여 코끝을 자극하는 그곳! 얼굴을 묻고 고른 숨을 쉬고 있기에 편안하다. 그녀가 지나간 곳은 언제나 부재를 알리지만 느낌으로도 언제나 만날 수 있다. 세상을 향해 눈뜨기도 전 이미 익숙해져 버린 그곳에는 끈적끈적한 그리움이 고여 있었다.

　잔칫집 일 봐주러 간 어머니가 돌아오지 않아 어둠이 발목까지 내려와도 꿈쩍하지 않고 대문 앞을 서성이며 기다리던 날, 앞치마에서 쏟아지던 맛난 것들이 요술 주머니처럼 여기저기서 꼬리를 물고 한없이 나올 때 손보다 먼저 가는 것은 휘둥그레진 몇 개의 눈동자들이 별빛 부딪치는 소리를 내며 달려가고 있었다.

　어둠을 뚫고 몇 개의 산을 넘었을 어머니의 안부보다 더 기다리며 앞치마 속의 행방을 궁금해 하던 철없는 자식들은 어머니의 흰머리 속에 감추어지고 푸석해져 짚더미처럼 쓰러질듯 다가오는 그녀에게

　"사우나 갈까요. 뜨거운 물에 푹 담그면 관절이 부드러워져요"

　대신 할 수 있는 것이 아무것도 없어 서글프다.

　그녀와 함께 오랜 세월을 살아온 앞치마가 하얗게 바스러져 늙어가고

있는 지금도 거침없는 양념이 되어 스며들고 싶은 나는 아직도 진행 중
이다.

집 한채 배달해 드립니다

전화 한통이면 집이 통채로 배달되어 온다. 동화에서나 봄직한 꿈같은 이야기가 벌어지고 있다. 거기다 자동키 하나만 누르면 현관이 열리고 실내가 쫙 펼쳐지면서 침실 주방 거실 등등… 어느 하나 부족할 것 없는 어였한 고급 주택이 된다.

기초를 다지고 기둥을 세워야 집을 지을 수 있다는 기존 생각을 완전히 무너뜨리는 놀라운 발상이다. 이제 땅만 있으면 전화 한통으로 살부비고 사는 그런 울타리가 생기는 것이다.

말 그대로 우리는 초스피드 시대에 살고 있다. 누가 알겠는가. 사람도 집처럼 필요하면 배달시키고 불편하면 리모델링 하고 다 썼으면 고물상에 팔아버리는 그런 날이 올런지. 모든 것이 기계화된 문명에서 벗어나지 못하는 인간들은 지금 스스로 자멸하고 있는지 모른다.

결혼 적령기를 넘긴 딸이 이제 시집을 간다며 집을 알아봐 달란다. 어디를 다녀도 눈에 들어오는 곳이 없다. 곳곳에서 집을 짓는 공사가 한창이건만 정작 집을 구하러 다니니 생각보다 너무 차이가 나니 쉽게 얻어지지 않는다. 아직까지 집 걱정을 해보지 않고 살아온 나는 정말 난

감해 질 수밖에 없다 .

  땅은 있으니 집만 배달해 달라할까 이런 생각을 해본다.

  목수인 아버지는 평생 집을 지으며 사셨다. 대청이 넓은 기와집을 지을 때나 갈 곳이 없고 돈이 없어 많은 식구들 겨우 바람막이로 집을 지어 줄때도 정성을 다해 못질하고 대패질을 해서 그들의 따뜻한 보금자리를 만들어 주었다. 집은 사람과 똑같은 거라며 정성을 다해 키운 자식이 바르게 서듯 집도 많은 애정을 가지고 공을 드려야 한다고 했다. 그런 행위는 집짓는 자의 마음과 들어 갈 자의 마음이 겹쳐져 소원을 비는 모든 것이 이루어진다.

  어쩌다 돈 받으러 가면 보태줄 상황이 더 많아 항상 가난 했다. 오히려 돈도 받지 못한 집에서 장마에 집이 떨어져 나갔다고 하소연해서 지붕 고쳐주러 갔다가 떨어져 허리를 다쳐 고생하며 꼬박 십년의 세월을 보내야 했던 아버지는 집짓는 일을 버리지 않으셨다. 언젠가 멋진 집을 지어 자식들이 그곳에서 뛰어놀게 하겠다는 꿈을 버리지 못한채 우리 모두의 손을 놓으셨다. 만약 이 시대에 살아 계셨더라면 배달되는 집을

보면서 무어라 하셨을까

　푸른 초원에 꽃 가득한 정원과 과일나무 주렁주렁 매달린 과수원 옆에 당신이 짓고 싶은 그런 집이 있길 바라셨을 것이다.

　스위치 하나로 모든 것이 해결되는 그런 날, 사람이 아닌 기계가 부리는 시대가 오고 있지만 그래도 마음으로 정성을 다해 짓는 그런 집, 새 집으로 들어가는 사람이나 지어주는 사람이 설레이며 활짝 문 열어주는 그런 집이 있다는 것 아직도 희망을 걸어본다. 딸에게도 아파트 보다는 텃밭을 가꾸는 그런 집을 권하고 싶다.

그림자

　안성댁을 만난 것은 삼십년을 훌쩍 넘기고 있나보다. 토담을 사이에 두고 지나온 세월이 삼십을 바라보는 아이들을 보면서 할 이야기도 많다. 모두 떠나고 없는 빈집을 지키면서 어쩌다 그녀가 장에 갈 때나 뜨거운 땡볕에 김을 매고 있어도 홍도야 울지 마라를 가만가만 부르던 안성댁이다.

　허물어져 가는 담장만큼이나 무너져가는 지난날들을 홍수와 함께 보내고 아들 며느리 손자까지 장맛비에 떠나 보냈었다. 혼자 살아남아 능소화 사연만큼이나 가득한 홍도야 울지마라를 하루에도 몇 번이고 부르고 있다. 어쩌다가 홍도의 오빠가 되고, 아들이 되고, 며느리가 되고, 손자가 되지만 노인정 갈 때도 들에서 일할 때도 가만 가만 속삭이며 부른다. 가족들이 쉴 새 없이 드나들던 뒤란엔 잡초가 가득하고 보리수는 반반하게 놓여 있는 장독대 옆에서 붉은 꽃잎을 쏟아내고 있다. 나뭇잎 사이로 바람이 빠져 나가듯 오늘도 안성댁 노랫소리가 들린다.

　"처녀 총각 놀다간 자리에는 유자 껍질만 남아있고요, 홀아비 과부 놀다간 자리에는 막걸리 병만 남네요.

노래 가사가 틀린다. 매일 듣던 노래가 아닌 이 노래는 무얼 의미하는지 아무도 모르는 채 그날 이후 그녀가 보이질 않는다. 그림자처럼 항상 곁에 있다던 가족들을 따라갔는지 혼자되는 연습을 하고 있는지 궁금해 하고 있는데 안개가 자욱한 늦은 아침 이장님 방송이다.

"어젯밤 안성댁 할머니가 돌아 가셨습니다.

그림자 접어 가슴에 넣고 그렇게 여행을 떠났다. 새로 지을 집을 찾아 갔다.

이쁜것이 좋아

겨울이 지나가는 길목에 서서 무엇인가 변화를 주고 싶은 아줌마의 끼가 발동한다. 겨울 내내 뜨게질하던 옷들을 꺼내 입고 잠시 외출에 나섰다.

"참 예쁘시네요. 손수 뜨신 거예요. 치마, 목도리, 모자까지 잘 어울리세요.

예쁘다는 말에 나도 모르게 그녀와 오랜 친구처럼 길거리에서서 수다를 떤다. 어떻게 떴으며 실 값은 얼마 들어가고 등등…

어쩌면 나이를 먹어도 예쁘다는 말은 싫지가 않은지 그 한마디에 모르는 사람과도 금방 친해지니 말이다. 누군들 예쁘지 않은 때가 있겠냐만은 이제는 화장이 아닌 분장을 해야만 하니 이중적인 얼굴이 너무 싫다.

오랜 지인을 시장에서 만난 적이 있다. 한 번도 그녀 앞에 맨얼굴을 보여 준적이 없으니 내 얼굴의 실체를 모르는 것이 당연하다. 분장하지 않은 내 얼굴을 깜빡 잊고 아는 척을 하는 그런 실수가 벌어졌다. 누군지 잘 모르겠다던 그런 어리둥절한 표정을 보면서 얼마나 민망한지 몇 마디 말만 주고받으며 헤어졌다. 그뿐이 아니다 어쩌다 보는 사람은 집에 있는 나를 보며 또 다른 이를 찾고 있다. 거울을 보며 한숨 짓는다. 내가 그렇게 아닌가? 요즘은 맑은 얼굴 네추럴한 콘셉트라던데 분장마저 못한다면 큰일이 아닌가. 가끔 자신감이 없어지고 움츠려든다 그러니 예쁘다하면 그것이 진실이든 거짓이든 무조건 기분 좋을 수밖에 없다.

시어머님 돌아가실 무렵 누워계셔서 꼼짝 못하고 소대변을 다 받아냈다. 냄새 때문에 매일 목욕을 시켜야 했고 목욕 후에는 꼭 거울을 챙겼다. 거울을 보며 요리조리 살피며 깨끗하고 피부가 하얘지면 무척 만족해 하셨다. 아마도 당신이 예뻐졌다고 생각 하는 것 같다. 빗질하며 어머니 참 예쁘세요. 라고 하면 환하게 웃으셨다. 반송장처럼 누워 있으면서도 예쁘다는 말이 그렇게 환한 웃음을 주는지 그때 알았다. 어머님을 보살피는 일이 그때는 힘들었지만 세월이 지나서 생각해보니 지금의 나를 반영 하는 것 같다.

물론 남들에게 예의로 화장을 한다지만 기본적으론 이쁜것이 좋아 분장을 하는 것이다. 누가 알아주지 않아도 좋다. 그냥 내가 좋으면 되니

까 당분간 속눈썹 붙이고 메니큐어도 바르고 반짝이 옷을 입고 짠하고
나타난다면 몇 명이 나를 보며 놀랄까. 아니 평상시대로 하라며 위로
해줄까. 그렇게 해서라도 예쁘다는 소릴 듣는다면 나는 그렇게 해 볼
참이다. 젊음은 내가 만드는 것이여

돌아누운 남자

그 남자의 등이 쓸쓸하다. 함께 세월과 시간의 강을 건너 수십 년을 보내 왔건만 알 수 없는 그 남자의 등을 볼 때마다 짙은 고독과 고단함이 베여 있다. 세월의 강을 건너는 사람이 나 아닌 다른 여자였더라도 그랬을까 하는 서러움과 외로움이 함께 한다. 이렇게 남자가 여자에게 떠넘기듯 하는 말은 어느 남자든 경계가 없다. 명예든 권력이든 사람의 마음속으로 들어가면 공통된 말은 혼자이길 두려워 하면서도 사람과 화합하지 못하고 외롭다고 한다.

삶의 희망보다 삶의 기억이 많은 중년의 존재는 더욱 많은 시간을 앞으로 살아갈 자라나는 신세대들에게는 측은한 인생으로 여겨질 수도 있겠다. 그렇다고 넋두리만 늘어놓고 축 처진 어깨를 보인다면 남은 인생이 너무 아까울 것이다. 오늘을 향유하는 삶의 시간에서 행복을 만들 수도 있다. 어제의 기억을 언약한 젊은이에게 전염 될 수도 있으니까. 처음부터 신명 날 일은 없겠지만 일상적으로 주어진 많은 것들을 소중히 생각하고 그려 본다면 좋은 것에 성취로 남을 수도 있다.

하나님은 지구를 창조하실 때 이미 남녀를 만드시고 생육하고 번성하

여 온 땅을 지배하라고 하셨다. 시골이든 도시든 사람들이 살아가고 이제 남는 것은 너와 나라는 실존뿐이다. 너와 나는 함께 손잡고 긴 시간의 강을 건너야 한다. 여기에서 가장 아름다운 것은 함께하는 말이 아닐까 돌아누운 등이 아무리 외롭고 쓸쓸해도 당신과 나는 결국 함께 한다는 것이다.

남녀가 만나 오랜 세월 함께 살면서 첫날 밤처럼 뜨거울 수는 없지만 그래도 돌아누운 등도 따뜻해졌으면 좋겠다. 인간의 삶에도 계절이 있어서 똑같지는 않지만 요즘처럼 가을이 오고 단풍이 들고 잎이지면 거리를 지나는 바람과 높아진 하늘과 살갗에 스며드는 쓸쓸함은 남자뿐만 아니라 여자는 더 하다는 것을 알아야 한다.

한번쯤은 몸을 움직여 보듬어 안아주며 같이 살아줘서 고맙다는 말 한마디는 하고 싶다. 아무도 내 헌신을 진심으로 고마워하지 않는다고 야속해 할 필요도 없다. 내 안의 나를 좀 더 자라게 하고 의존상태가 아닌 존재하고 있다는 것을 보여 줌으로 확실하게 함께 하고 있다는 것을 보여주는 것이 중요할 수도 있다.

냄새

오래된 귀금속을 정리하려고 보석상에 들렀다. 유리문을 밀고 들어서는 순간 주인아저씨와 스무 살쯤 되어 보이는 청년과 가벼운 실랑이를 하고 있다. 청년의 손엔 천 원짜리 지폐가 쥐어져 있고 아저씬 말도 안 된다는 표정으로 이 청년을 내 보내려 한다. 어눌한 말투로 반지를 사겠다며 계속 사정을 한다. 잠시 후 초라한 행색을 한 여인이 이 사람을 다급하게 잡으면서 몇 번 이고 미안하다는 말을 남기고 그 자리를 떠났다.

작은 사건을 뒤로하고 오일장이 열리는 시장 안으로 들어섰다. 북적거리는 시장 안은 어디를 가도 사람냄새가 가득하다. 농사를 지어서 가지고 온 할머니들의 야채를 보다가 좀 전에 보았던 작고 초라한 그 여자를 보았다. 채소, 풋콩, 파, 마늘 등… 빨간 소쿠리에 담아내며 손님들을 부르고 있다. 좀 전에 만난 그 청년은 아들이었나 보다. 천원이요 천원하며 작은 소쿠리를 들고 뛰어다닌다. 눈여겨보는 나에게 그녀가 다가와 말을 건넨다.

“저 아인 천원이 제일 큰돈인 줄 알아요. 자기 눈엔 금반지가 제일 좋아 보이는지 꼭 그것을 사다가 엄마 손에 끼워 주고 싶다네요”

　금반지가 엄마를 제일 행복하게 해준다고 생각하는 그 청년이 왠지 부러워진다. 이렇게 삭막하고 험한 세상을 순수하게 바라볼 수 있는 마음이 어쩌면 자기 세계에서만 볼 수 있는 그런 특권일지도 모르기 때문이다. 그들만이 가질 수 있는 아주 특별한 향기가 보이지 않게 서서히 나에게 전염되어간다.

　살다보면 여러 가지 냄새로 사람들을 만들어 낸다. 나는 어느 편에서 아니 어느 냄새를 지니고 있는 사람인지 모를 일이다. 가끔은 가랑비 촉촉이 내리는 소나무 숲속을 걸을 때 나는 그런 향기 나는 여자이고 싶다. 초록이 엉키는 싱그러움이 가득한 남자보다 낙엽이 지는 그윽한 향이 흐르는 포근하고 때로는 너무 쓸쓸해 꼭 안아주고 싶은 그런 진한 향내를 풍기는 남편을 만들고 싶다. 물론 헛된 꿈일지라도 그리움이 가득한 추억은 있기에 알싸한 냄새로 포장해 버린다.

　바닷가에 들어서면 밤샘을 하며 고기를 낚아온 그들의 비릿한 냄새의 삶이 있고 빌딩 숲을 헤치고 밀려 나오는 직장인들에게는 지친 삶의 냄새가 난다. 세상 모든 냄새들이 양념처럼 잘 버무려 진다면 때론 좋은

날도 있을 텐데 그렇지 못한 것이 현실이다.

부엌에서 설거지를 하고 있는 내 등 뒤로 딸아이가 가만히 다가와 킁킁 거리며 냄새를 맡는다. 음식 냄새와 혼합된 엄마의 품속이 좋단다.

오래전 친정엄마에게서 느꼈던 그 냄새! 어머니들만이 가질 수 있던 그 향기들….

흰머리가 자주보이는 중년의 나이에 나만이 가질 수 있는 향기를 찾으러 떠난다. 지나온 삶이야 어쨌든 또 다른 새로운 세계로 가고 싶어 무한한 꿈을 꾸어본다.

삶의 단면만이 아니라 깊이를 깨달을 수 있다면 다른 사람에게도 즐거움을 줄 수 있는 그런 좋은 냄새나는 사람이 되고 싶다.

창문을 열었다 뼛속을 파고드는 찬바람이 시원하게 느껴지는 것은 오랜 만에 세상의 모든 냄새들을 마음으로 받아들이고 있음이다.

멈춰버린 시간

　사람들이 상자 안에 가득 들어 있다. 그들이 무얼 말하는지 무엇을 얻고자 하는지 모르지만 그들이 모여서 자기들이 찾고자 하는 것을 찾았다는 것이다.

　겉으로 보기엔 젊은 사람이라고는 눈 씻고 찾아도 없는데 그들에게 활기가 넘쳐흐른다. 무엇이 저토록 그들을 흥분하게 만들었을까. 궁금하여 다가서니 다름 아닌 건강해지는 기구가 있어 판매중이다. 열띤 음성으로 상품의 가치를 높여 설명중인 그 사람은 그것이 만병통치다.

　사람이 건강이 약해지면 어디까지 내려가는지 보고 있다. 저들의 시간은 젊었을적 과거에 멈춰 버린 것 같다. 어쩌면 저토록 진지하고 심각하게 듣고 있는지 신기할 정도다.

　그들은 저것을 얻을 수 있다면 아프지 않고 젊었을 시절로 다시 돌아갈 것이라는 기대감을 가지고 있는 것이다. 누가 보아도 웃음이 날만큼 아무것도 아닌 저 물건에 쉽게 넘어 갈만큼 마음들이 열려 있는 것일까. 생각해보면 남녀노소 할 것 없이 건강이 살아가는 데 첫째 자리에 있다는 것을 실감나게 하는 광경이다.

고령이 될수록 할일은 적어지고 현실로부터 외면당하고 건강은 점점 나빠지니 그들의 기억은 고장난 벽시계처럼 어느 시점에 멈춰 서 버리고 만 것이다. 하느님께서 인간이 살고자 하는 욕망을 심어 줬기에 누구나 빨리 죽고 싶어 하는 사람은 없다. 그래서 조금이라도 건강이 좋아 진다면 아주 작은 것에도 희망을 걸어본다. 액수가 어떻든 효과가 있든 없든 사 들이고 보는 것이다. 어쩌다 친정에 내려가면 완전히 고물상이다. 혼자 계시는 어머니는 몸에 좋다는 식물들로 시작해서 정체를 알 수 없는 온갖 기계들 건강식품이 방안 가득이다. 이게 다 뭐냐고 핀잔을 주면 너무도 서운해 하신다, 그리고 꼭 한마디 던지신다. 너두 늙어봐라 이렇게 안 되는지… 자식들 보다 그것들이 의지가 된다니 이해 할 수가 없었다. 나는 절대로 늙지 않을 것처럼 그렇게 지냈다. 그러나 언제부터인가 나도 사들이기 시작했다. 몸에 좋다는 것은 무조건 관심을 가지기 시작하더니 어느 날인가 하나 둘 씩 집안 구석구석 쌓이기 시작했다. 반찬값 아끼고 생활비 줄이던 그 모습은 간곳이 없고 젊고 건강하게 살 수 있다면 자꾸 유혹에 빠진다. 사고 나서 언제나 후회 하

지만 멈춰지지 않는 것은 젊게 살고 싶은 욕심인 것이다.

　오래전 시부모님들이 쓰던 멈춰버린 시계를 바라본다. 그분들이 계셨을 적에는 잘도 가던 종소리 벽시계는 이미 멈춰 버린지 오랜 시간이 흘렀다. 함께했던 시간들이 비켜가고 새로운 시대가 열리고 있지만 여전히 자리를 지키고 있는 시계는 시간 속에 갇혀 젊은 날의 나를 부르고 있다. 지금도 마음은 청춘이니 내 어찌 저들을 알지 못한다 하리 조금 있으면 나 역시 그들과 똑같이 멈춰 버린 시간 속으로 달려가고 있을 텐데 나는 가만히 그들 속으로 다가가 끼어들기 시작한다. 저것이 어디에 좋은데요. 나도 한번 해볼까 해서요 말도 안 되는 짓을 오늘 또 한다.

반딧불이 편지

　사방이 어둠으로 꽉 차 있고 스산하다. 분명 바스락 거리는 소리가 나고 어디선가 쐐~에 하며 무언가 스쳐 지나는 소리가 겹쳐 들려온다. 갑자기 소름이 오싹 돋았다.

　어둠 속에 더듬거리며 비켜서려다. 비명을 질렀다.

　분명 어둠 속에서 일어난 일이지만 독사에 물렸다는 것을 안 것은 반딧불이를 만나 불빛에 비친 사이로 빠져 나가는 뱀을 보고서야 소스라쳐 놀랐다.

　달빛이 비춰지지 않으면 밤길을 다니기가 힘든 시절이었다.

　다행히 응급처치로 완쾌 되었지만 자칫 목숨까지 위험 했던 그 때를 생각하면 아직도 등줄기가 서늘하다. 반딧불이를 동무삼아 밤길을 걸었던 시골길은 뱀들도 숨어들게 하였다. 별빛처럼 쏟아져 푸른 들풀사이로 흩어져 꿈을 쫓는 유년시절에는 희망이요 삶을 윤택하게 해주는 활력소였다.

　여름날 바다로 떠나는 대신 시골 오지로 여행을 하기로 마음먹었다. 일상에서 벗어나 길을 떠난다는 것은 새로운 도전이요 세상에 대한 두

려움을 잊게 하는 훈련인 것이다. 가도 가도 끝이 보이지 않는 전라남도 끝자락을 찾아 짐을 풀었다. 직장에서 만났던 동료이자 친구였던 그녀를 다시 만난 것은 결혼 후 처음이다. 긴 논두렁길을 지나 끝없이 펼쳐진 들판을 가로질러 오도카니 집 한 채가 보인다.

오래전에 내가 꿈꾸며 살았던 아늑하고 정겨운 집이다. 가로등 하나 없는 칠흑 같은 어둠 속에 우린 멍석을 깔고 모닥불을 피워 놓고 마당에 둘러 앉아 수박을 먹고 있었다.

그 때 먼발치에서 반짝이는 불빛들이 우리 곁으로 다가오고 있다. 뛰어가 보니 반딧불이었다. 오래전 사라져 없어진 줄 알았는데 내 눈앞에 무리지어 날아오고 있다. 손바닥에 올려놓고 이리저리 굴려 보았다. 오색영롱한 빛들이 날개를 펄럭일 때마다 빛이 새어 나온다. 먹다 남은 음료수 병에다 담으니 마당이 훨씬 밝다. 반딧불이를 만난 것은 큰 행운이다.

어둠속 같은 세상 속에서 환한 미소로 다가오는 그들은 삶에 지쳐 있는 나에게 또 다시 희망을 안겨다 준다. 시골에 살면서 오랫동안 농사

를 짓고 씨를 뿌리고 거둬들이는 즐거움은 이제 없어 졌다.

거침없이 변해가는 세상은 모든 것을 가져가 버렸다. 이젠 잔잔하고 풍요롭고 게으른 황소가 우는 들판은 싫단다. 기회만 있으면 논바닥을 메우고 그 곳에 아파트, 공장을 짓고 정화 되지 않는 오염을 만들어 내고 있다.

평생 업으로 살아온 농사꾼들은 갈 곳이 없다. 별빛처럼 무수히 쏟아지던 반딧불이들이 어디론가 사라져 버려 흔적조차 찾을 수 없는 것처럼 농부들의 미래도 찾을 길 없다. 시골의 어원이 씨앗을 뿌리는 골에서 나오지 않았을까?

봄이 되면 씨앗을 뿌리고 새싹을 바라보며 거둬들이는 희망으로 미래를 꿈꾸었다. 흙냄새가 그리워 또 다시 이곳을 찾는다.

피어오는 아지랑이를 보고 있는데 저녁이 늦었다고 친구가 부르는 소리가 들린다. 그 친구와 내가 처음만나 고향집을 찾던 그 날도 반딧불이 하얗게 쏟아지고 있었다. 어머니마저 떠나고 동생들과 가장으로 남게 된 친구는 이제 도시로 갈 수 없노라고 동생들을 가르치고 농사짓고

살림을 해야 될 것 같다고 눈물을 지었다. 하고 싶었던 꿈을 접어 버린 친구는 남자 친구에게 버림받고 많은 고통을 이겨 내야 했다.

풀 냄새가 물씬 풍겨오는 편지가 나에게 왔다. 농사짓는 착한 남자가 있어 결혼을 결심했다고 오늘 만난 친구는 행복해 보인다. 무섭게 변하는 세상을 뒤로 한 친구는 반딧불이가 길잡이 해주고 있기에 환한 웃음을 보이고 있는지 모른다.

빛으로 가득한 시골 풍경이 그립다.

잃어버린 친구

　빛바랜 흑백 사진 속에 낡은 옷을 입고 웃고 있는 자그마한 어린 소녀의 모습은 아직도 나를 숨 가쁘게 한다. 너무 낡아 윤곽조차 희미해진 그 모습이 아직도 뜨거운 가슴으로 숨 쉬고 있음에 놀랐다. 마치 캄캄한 우물 속에 나를 끌어 올려 봄기운이 녹녹해진 들판으로 뛰어가게 한다. 왜 그랬을까 처음부터 그 애가 미웠던건 아니었다. 소꿉동무였던 그 애와 나는 풀을 뜯어다가 엄마 아빠 놀이를 자주했다. 적어도 그 애의 부모들이 달려와 가난한 애하고는 어울리지도 말라고 아이를 낚아채듯 데려 갈 때까지는 그랬다. 그 후 우리는 부모님 몰래 산 밑에 토끼굴을 파놓고 자주 소꿉놀이를 했다. 아이를 찾아 헤맸던 그 아이 부모들은 나를 볼 때마다 노골적으로 무시하거나 싫어했다. 부에 대한 불만을 가졌다면 그때부터 인것 같다. 가난한 자 없이는 부자도 있을 수 없다는 논리적인 생각을 가지게 된 것은 내가 가난하기 때문에 그 애의 부모님이 날 싫어 한다는 것을 너무 어린나이에 알게 된 것도 불행인지도 모르겠다. 부자들은 자신을 돋보이기 위해 가난한 사람이 필요 했을 뿐이다. 그런 의미에서 그 아이는 부자였다. 가진 자의 오만과 편견은 나

를 누구보다 먼저 뛰어나게 학교공부는 물론 체육시간까지 악착같이 1등을 하게 했다. 내가 그들을 이기는 방법은 오직 그 뿐이었다.

토끼굴이 무너져 그 아이가 빠져 나오지 못해 엄마를 부르며 울부짖을 때까지 냉정하게 돌아서 아무 일도 없었던 것처럼 집에서 저녁을 먹던 날, 그 아이 부모가 찾아와 그랬다. 사람처럼 모질고 냉정한건 못 보았다고, 친구한테 그럴 수 있냐고 독버섯 같은 말을 던지고 가버렸다. 그 후 자주 볼 수는 없지만 가끔 꺼낼 수 없는 비밀처럼 젖어드는 건 부에 대한 원망이 앞서 지울 수 없는 그 친구에게 상처를 주었다. 아마도 그 애가 사람에 대한 편견이 바뀔 수도 있을 것 같아 빚을 지고 사는 느낌이기도 했다. 나 역시 성장 하면서 성공에 대한 집착이 많았다. 성공이란 삶의 질을 향상시키고 능력을 얻는 것이기 때문에 자신도 모르게 소박한 삶 보다는 그쪽을 따라가기 때문에 그랬다.

어린 소녀의 꿈은 뚜렷한 목적을 세우지 못한 채 결혼이란 울타리로 들어가 버리고 말았다. 가진 자의 오만과 편견을 없애리라는 그 굳은 결심은 어디로 갔는지 지금도 반찬거리 공과금 때문에 주름살을 만든다.

나름대로 성실하게 살았고 열심히 일했다. 결국 잘못된 나의 편견으로 소중한 친구를 잃어 버렸지만 부란 성공의 지름길이 아니라 사람을 망칠 수도 있고 소중한 삶들을 잃어버릴 수도 있다는 것을 알았다. 과거에 어떤 생각을 했던지 의식을 바꾸고 긍정적인 생각을 하기로 했다.

이제는 과거로부터 해방되고 싶다. 그 아이 부모를 만나면 당당히 친구의 안부를 묻고 나도 그들처럼 잘 살수 있다는 최면을 걸며 악수 할 것이다.

고스톱 치는 며느리

아무리 생각해도 꽤심하다. 아직도 해가 서산에 걸렸는데 저녁상을 차려주고 꽁지가 빠지게 도망간 며느리는 도대체 어디로 간 걸까. 여기, 저기기웃 하다 드디어 걸렸다.

현관에 신발들이 가득한 걸 보니 이 집에 있는 것이 분명하다. 살며시 현관문을 밀치고 들어선 영감은 갑자기 두 주먹이 부르르 떨려온다. 지금 며느님께서 무엇을 하는가. 영감 마음처럼 시퍼런 담요를 깔고 동네 여러 아줌마들이 모여 고스톱 판이다.

담요 위에 내려치는 화투장 소리가 오늘 따라 영감을 아찔하게 만든다. 딱! 딱! 영감의 귀 싸대기를 두들겨 패는 것처럼 볼때기가 빨갛게 열이 올라 있다.

"내 이것을… 쳐들어가서 호통을 쳐. 아님 가만히 젊잖게 며느리를 불러내서 타일러"

몇 번이고 마당을 왔다 갔다. 하느냐고 영감 자신 스스로가 어지러울 정도다. 잠시 문틈사이로 낯익은 얼굴들이 보인다. 문간에 앉은 여자는 영감 집에 자주 와서 일 거들어 주는 여자, 면장 댁, 이장 댁, 옆집에 사

는 새댁, 가운데 정면으로 보이는 며느리까지 며느리는 무엇이 그리 좋은지 연신 낄낄 거리며 입을 다물 줄 모른다. 잇몸 사이로 활짝 웃는 모습이 보기 좋다.

얼마만인가. 저렇게 밝게 웃는 모습을 영감은 본 적이 없는 것 같다. 보수적이고 무뚝뚝한 층층 시부모와 당신 닮아 재미라고는 눈뜨고 찾아 볼 수 없는 아들과 살아온 며느리의 그늘 진 모습이 오늘에서야 밝게 보이는 것이다. 집안 또한 대대로 내려온 교육자 집안이 아닌가. 부부의 말다툼이나 큰소리조차 담을 넘어선 안 된다는 교육을 시집와 25년을 넘게 들었을 것이다.

그런 며느리가 천박하게 웃음을 흘리며 고스톱이라니. 그런데 이상한 것은 마음은 그러면서도 영감은 왠지 며느리의 환한 모습이 밉지가 않다. 하루에도 몇 번씩 차려야하는 밥상과 손님들이 수시로 드나드는 사랑방에 과일이며 차, 밥까지 아무 소리 없이 해내는 착한 며느리였다. 오죽하면 옆 동네에서도 '복덩이야 복덩이! 저렇게 얌전하고 야무지고 예쁜 새댁은 없지 교육자 집안답게 잘 들어 온 거야' 하면서 만나는 사

람마다. 칭찬이 늘어졌었다.

생각해보니 문제는 영감 당신에게도 있는 것 같다. 당신 성격이 제일 맘에 안 든다. 누구도 못 말리는 이중성이다. 체면을 세우기 위해 남 앞에서는 호인처럼 행동하지만 밤이면 은근히 과부 집을 넘보며 수작을 걸고, 소심하기 짝이 없어 남들이 웃자고 하는 말도 쉽게 받아들이지 못하고 몇 날은 끙끙거리기도 한다. 남들이 다하는 노름 또한 해 보고 싶은 마음이다. 그것이 어쩔 수 없는 사람의 마음인지라 영감도 가끔은 자신이 짊어지고 있는 집안의 체면이나 남들 이목을 벗어 던지고 하고 싶은 데로 하고 싶을 때가 많은데 며느리야 오죽하겠나 싶다.

사실 따지고 보면 지금 같이 살고 있는 둘째 아들이 피해자 일수도 있다. 큰 놈은 공부 잘해 교수질 한다고 도시로 나가있고 공부를 좋아하지 않던 둘째가 농사짓고 부모 모시고 같이 살고 있다. 그래도 싫은 얼굴 한 번 안하고 검게 그을린 얼굴을 활짝 웃어주는 든든한 아들놈이다. 부모로써 자식들에게 최선을 다했고 자식들 역시 불만이 별로 없을 것이라고 생각했는데 며느리의 고스톱 치는 모양이 영 아니다. 왜 하필

이며 저런 것을 배웠을까.

영감 친구 며느리들처럼 고상한 취미생활도 많고 많은데 영감은 금방 이해가 가지 않는다. 다음 날 그런 며느리를 알기 위해 화투장을 샀다. 마누라가 볼 것 같아 장롱 속에 감춰놓고 며칠을 생각에 잠겨 안방을 왔다 갔다. 서성거렸다.

"옳지. 좋은 생각이 났다. 내가 이것을 들고 가는 거야 한 번 체면 구겨보지"

슬며시 방문 열고 들어갔는데 뜻 밖에 여자들이 반긴다.

다행히 며느리는 없지만 구경하다보니 재미있어 보인다.

"아이고 그러지 말고 한 번 해 보세요. 정 할 줄 모르시면 광 파세요"

이장 댁이 슬쩍 화투장을 쥐어 준다. 여자에게 약한 영감은 조금 머뭇 거리다가 엉덩이를 디밀고 앉아 본다.

딱, 딱 담요 위에 내려치는 화투장 소리가 경쾌하다. 어느 덧 영감은 광파는 남자 되어 간다. 밖에서 구경만 하던 며느리

내가 이겼다.

보수적이고 견고하기만 하던 시아버지를 길들인 것이다.

오늘따라 서쪽에서 불어오는 바람과 공기가 맛있기만 하다.

주인을 찾습니다

　어쩌면 산짐승 들이 다녀갔을 산 골짜기에 버려진 문자 메시지 "저를 찾아 주세요."

　한때 누군가에 귀히 쓰여 졌을 저 물건! 많은 사람들의 연인이었고 사랑을 받았을 텐데 어찌 대책 없이 누워있을까 주인 잃은 폐휴대폰에 눈길이 간다. 번호를 꾹꾹 누르면 금방이라도 달려 올 것 같은 입력된 번호들의 주인공들이 눈앞에 펼쳐진다.

　먼지처럼 사라진 그를 긴 시간 기다리며 대답 없는 번호를 누르기를 하루에도 몇 번이었든가 그가 남기고간 문자메시지는 아직도 살아서 몇 번이고 안부를 묻고 행복 멘트를 날려 주는데 잠들어 버린 저물건 가만히 다가가 소식을 묻는다. 건강하냐고 보고 싶지 않느냐고

　오랜 세월동안 잘 지내던 친구였다. 자주 만나는 사이는 아니지만 멀리 있어도 기대고 의지하고 지내던 좋은 친구였다. 그녀가 하얀 꽃상여를 타고 먼 길을 떠나던 날 좋은 친구로 잊지 않고 살겠다던 그 약속은 어디 갔는지 무심한 세월 앞에 그녀가 남겨 놓은 추억만이 바라보고 있다.

혼자서는 살수 없는 것이 사람인지라 그녀가 떠나고 난 빈 자리에 새로운 사람들이 채워지고 있다. 그녀 남편부터 새로운 사람을 찾아 안방으로 들였고 아이들도 자연스럽게 새 식구와 함께 적응 하고 있다. 그녀가 먼지처럼 기억 속에 부서져 갈 때 나도 차츰 잊혀 지고 있었다.

한참 폐휴대폰 모으는 행사가 있었다. 아이들 쓰던 것 남편이 버린 것들 모두 모아들이고 있는데 오래 돼서 버릴려고 주워든 코트주머니에서 툭 하고 떨어지는 것이었다. 무심코 주워든 조그만 물건은 바로 그녀가 새것을 구했다며 가져가라던 그것이었다. 충전시켜 문자 확인을 하니 그녀가 살아 돌아 온것처럼 들어온다. 에제 있었던 일처럼 생생히 떠오른다. 아득해지는 슬픔이 가슴을 먹먹하게 만든다.

만남과 헤어짐들이 현실에 와서는 쉬운 일이 되어버렸지만 누구를 잊는 다는것은 그냥 아프다.

내가 떠난 뒤 얼마만큼의 사람들이 나를 그리워할까. 먼저 떠난 친구가 부러울 때도 있다.

살아있는 내가 가끔 당신을 보고 싶어 한다는 것을 알고 있을까. 주인

을 찾을 수 없는 이 물건을 버릴 수가 없어 슬며시 다시 책상서랍에 집
어넣는다.

　누가 누구의 주인이 되는 것이 그다지 중요하지는 않는 것 같다. 가치
를 인정받고 자기의 몫을 훌륭히 해낸다면 그것만으로도 인정 되는 것
이 아닐까.

　돌아올 수 없는 길을 가버린 친구처럼 돌려 보내야할 저 폐휴대폰을
또 보내야 할 때가 된 것 같다.

4부, 노래를 팔고 삽니다

노래를 팔고 삽니다

노래 부른 다는 것을 한 번도 싫어 해본 적이 없다. 어렸을 적에는 아버지가 심심하면 불러서 노래를 시켰다. 그때 불렀던 빨간 마후라 노래는 지금도 귓가에 맴돌 정도로 생생하다.

언젠가 어른이 되고부터 노래는 인생이라는 것을 알게 됐다.

노래는 내 전부여서 인생이 별것아녀 이렇게 사는 거지 뭐, 온 동네가 떠나갈듯 불러대는 동백아가씨를 두 눈 꼭 감고 몸은 흔들흔들 자장면 배달이 무사할지 모르겠다. 그래도 아저씨 노랫소리 들으려 손님들이 찾아온다니…. 노래가 사람 사는 재미인 것은 틀림없는 사실인 것이다.

아저씨의 노래방은 어느 곳에 가도 있다. 뱃길 철길 고속도로 지나 산들이 보이는 길도 모두 노래가 되는 것이다. 고달픈 하루일과를 양념으로 만들어 이렇게 멋진 노래로 다시 태어나고 있다. 자장면 배달이면 어떻고 고달픈 농부의 가래질이면 어떠랴 저녁을 흔드는 어둠이 와도 햇빛처럼 빛나는 좋은날이 오길 기대하며 살아가면 될 것이다.

언어는 인간만의 특성이라 했든가 언어를 만드는 것도 중요 하지만 목소리를 통해 많은 사람 귀를 즐겁게 해주는 것도 재미의 일부가 될 것

이다.

　가끔 차안에서든 카페에서든 삶을 반영하듯 지금의 나하고 똑같다는 노래 가사가 나올 때도 있다. 자꾸 빠져드는 애절한 노래보다 체온을 풍기는 따뜻함을 전해주는 그런 자장면 아저씨처럼 흥겨운 노래가 좋아진다. 달콤한 사탕을 먹고 사과를 한입 베어 물면 그저 밍밍한 맛이 나오는 것처럼 그런 노래말고 감칠맛 나는 중년의 설움이 가미된 질편한 인생이 보이는 그것 누구라도 함께 박수치며 공유하는 노래를 팔고 싶다.

　공짜티켓이 생겨 우리나라에서 내로라하는 곳으로 공연을 보러갔다. 사람은 많고 음악은 고요히 흐르고 따뜻한 등이 자꾸 숙여진다. 몇 번을 꾸벅이다 옆 사람을 슬쩍보니 너무도 태연히 공연을 보고 있다. 잠시 휴식 시간을 틈타 도망치듯 빠져나오며 갑자기 드라마에서 본 한토막이 생각났다. 죽어가는 자기부인을 위해 평소 좋아하던 노래를 울면서 끝까지 부르던 남편의 모습은 숭고하기까지 했다.

　몸이 아파 두문불출하던 옆집아주머니가 어느 날 자전거를 타고 환하

게 웃으며 나타났다. 귀에 이어폰을 빼며 들어보라고 준다. 신나는 뽕
짝이 쿵쾅 거린다. 내가 깜짝 놀라 쳐다보니 한 번씩 웃으며 그대로 자
전거 페달을 밟고 가버린다. 자전거 페달이 튼튼한 다리처럼 힘이 넘쳐
반짝인다.

수선화의 눈물

　마침표를 붙인 소파가 집을 나간다. 늙은 나무의 갈라진 입술처럼 실밥 터진 모서리가 시간 속에 갇혀있다.

　동백꽃 보다 더 붉은 사연을 가슴에 품고도 차마 쫓아내지 못해 까칠한 볼을 수천 번도 더 비볐을 그 자리에 노란 수선화가 먼지 앉은 날들을 닦아내고 있다. 지도처럼 남아있는 그곳에서 그녀의 살아온 날들이 살비듬처럼 쏟아져 내리고 있다.

　평생 사랑을 얻지 못해 알뿌리로 화분 속에 갇혀 꽃이 피는 것을 바라만 보아야 했을 그녀는 한 많은 날들을 일수 찍어 내려가듯 날마다 찍어냈을 눈물자국.

　바람에 흔들리는 커다란 나무들을 바라보며 다 내어 줄 수 없음을 미안해하고 있었을 게다.

　한주먹도 안 되는 재가 되어 사라질 때까지 팔십년을 넘게 그리도 오랜 여행을 준비하고 있었던 게다. 꽃이 지고 향기마저 스러져가고 알뿌리만 남은 수선화를 땅속에 묻어두고 돌아서며 단한번의 마음도 내주지 못했기에 거울 앞에 앉은 그녀를 꽃으로 생각해 본적이 없는 것 같다.

그녀에게 하얀 눈꽃을 뿌려주고 마음마저 내려주고 현관 앞에 앉아 툭툭 발을 턴다. 그녀를 닮은 노란 수선화가 햇살처럼 쏟아져 내린다.

거기 맞지유 !

남한산성 골짜기를 하얀 눈을 밟으며 4시간 만에 내려오고 있다. 주머니 속의 애물단지가 드르륵 소리를 낸다.

"여보세유 그기 ○○○씨 맞지유"

"네 그런데요 누구시죠"

"산 좋아하지유 지두 그려유 오늘 동창 카페에 들어갔더니 좋아하는 사람 이름이 있길래 전화 했슈"

처음 듣는 목소리에 얼토당토 않는 당진 사람이다. 그런데 갑자기 장난기가 발동했다. 적극적으로 나오는 그 사람은 목소리를 통해 내가 호감이 가는 모양이다. 나는 약간의 비음이 섞인 목소리로 충청도 사투리를 섞어서 맞장구를 치기 시작했다.

주고받는 시간이 길어지면서 점점 추억으로 들어가며 어긋나기 시작했다.

마치 오래 전 잘 아는 사이처럼 주고받았지만 전화를 끊고 나니 그 사람에 대해 아는 것이 하나도 없다. 중년의 쓸데없는 수다가 바닥을 보이고 있다. 언제부터인지 부끄러움이나 두려움이 없어지고 있는 것이

다. 절대로 나는 아줌마가 되면 다른 사람과 다를 것이라던 그 오만함은 어디로 갔는지 두꺼운 얼굴은 그렇다 치더라도 이제 뻔뻔함까지 득세한다.

무심코 시작한 장난질이 한 번에 끝나질 않는다. 그 사람이 묻는 학교 동창들 이름 선생님 등등 하나 맞는 것이 없다. 빨리 밝히고 원점으로 돌아가야 할 텐데 기다려지는 전화를 생각하며 자신도 모르게 깜짝 놀란다. 지금 나이에 이성이란 멀어져간 추억이라 생각했는데 학창시절 아리고 설레었던 기억들을 들춰내니 잃어버리고 살았던 먼지 앉은 시간들이 온몸을 휘감고 있다. 빛바랜 시간들이 따뜻한 촛불이 되어 일렁인다.

모든 사람들이 소통수단이었던 편지쓰기 베개를 배 밑에 깔고 촛불이 타 들어 갈 때까지 밤하늘 별을 세며 써내려가던 기억들 휴대폰은 커녕 전화도 제대로 없었던 시절이었다.

이름이 같아도 금방 친구가 되고 어쩌다 마주치기만 해도 웃어주는 정이 있었는데 모르는 사람하고 이깟 대화 좀 했다고 큰일은 없을 것이

다. 안심하고 한참이 지났다 아니 잊고 있었다는 표현이 더 맞을 것이다. 모르는 여자가 날 찾아왔다. 무턱대고 남편과의 사이를 묻는다. 영문을 몰라 어리둥절 하는 나를 보며 아파트에 사는 누구냐고 묻는다. 이름은 맞는데 내가 사는 곳은 시골집이며 당신 남편을 전혀 모른다고 했더니 그제야 사람이 틀리다며 황급히 그 자리를 뜬다.

　세상 살면서 어디 나만 그런 일 겪고 살겠냐고 훌훌 털어버리고 자리를 뜨는데 아~~차 생각이 났다. 거기 맞지유 하던 그 남자.

솔직한 표현

　차가 신호등에 걸려 잠시 멈춰서고 있을 때였다. 같이 신호대기 하고 있던 옆 차가 자꾸 손짓을 한다. 무슨 일인가 하여 창문을 내렸다. 생각 보다는 젊고 세련된 여자가 방긋 웃으며 말한다.

　"귀걸이 참 예쁘네요" 난 할 말을 잃었다. 무슨 급한 일도 아니고 누굴 놀리려고 하는 것도 아니라면 그 여자의 말뜻이 무슨 의미인지 금방 이해하기가 힘든 상황이었다. 어정쩡한 대답과 함께 창문을 올리고 나서 요즘 여자들은 솔직한 자기표현을 하는데 아무 망설임 없이 한다는 것을 알았다. 그렇다 지금은 우리세대와는 달리 자기표현이 확실해서 상대방에게 피해를 주는지 아님 좋은 감정으로 남든지 상관하지 않는다. 자기감정을 절제할줄 모르고 느끼는 그대로 표현 하는 것을 먼저 배우는 것 같다. 스무 살의 봄날 나 역시 자기 감정에 충실해 여기까지 왔다.

　삶은 항상 누구와 손잡고 걸을 때나 혼자일 때도 찰나의 충만함이 따사로운 햇살만큼이나 좋았던 시절이길 바랐다. 한 남자를 선택할 때까지 평생 단한번 찾아든 행복이길 바랐던 것이 이토록 아득함인 것을 그

때 알았더라면 서둘러 인생의 기차표를 끊고 창밖에 서서 구경 하진 않 았을 것이다. 내 감정 솔직한 표현이 무엇인지 조차 모르고 꾹꾹 누르 고 바람처럼 보이지 않는 여자였다. 이제와서 세상 밖을 보니 하고 싶 은 말 다하고 사는 여자들이 더 많다. 항상 엄마라는 자리로 중요하고 필요한 자리지만 가족들에게는 유령이 되어가고 있을 때도 더 많다. 자 신이 살아있음을 가족이 함께하고 있음을 언제나 상기 시켜주고 가정 이 아닌 사회의 일원으로 일할 수 있는 것은 무엇이든 열심히 배워 프로 가 되는 것이다. 우리는 아무것도 무서워 할 것 없는 아줌마가 아닌가. 삶이란 흔들림이 많아 경쟁과 격정 또한 비탄의 세월을 견디고 살며 한 번쯤은 한 권의 소설처럼 줄줄이 사연들이 나올 것 같은 질긴 인연들이 여기저기 노을처럼 꼬리를 문다.

반복해서 다시 묻고 싶다. 여자들이여 마음 놓고 솔직히 자기표현을 한 적이 있는가를 매순간 칼바람 속에서 완전무결한 하루하루를 갈망 하고 살지만 오늘이 어제가 되고 모든 일에 후회만 남은 적이 있지 않 은가. 하지만 이제는 어찌 할 것인가. 가던 길을 되돌려 다시 간들 이미

지나버린 세월 앞에 무너질 수는 없지 않은가.

스무 살의 봄날처럼 아련함과 충만한 열정이 남아 있지는 않겠지만 그렇다고 상처 받기 두려워 방문 꼭꼭 걸어 잠근체 숨으려는가. 육신의 나이는 젊게 하고 정신은 일부러 쭈그렁이가 되어 버리라고는 할 수 없다. 상처 깊음은 그리움이 사무치는 영혼들로부터 오는 것이 아닌가. 누가 알아주든 알아주지 않던 이젠 삶의 기미들을 들여다보고 만져보고 냄새도 맡아보며 나른한 고요 속에 잊고 잃은 사물과 기억들을 외로운 떨림에서 벗어나 좀 더 활기찬 여자가 되어 보는 것이다.

오늘도 누구와 말 걸기를 하기위해 길을 나선다. 만나는 사람 어느 누구도 나에겐 소중한 사람들이다. 나 당신 좋아합니다. 당신도 나 좋아합니까?

나팔꽃 지게

긴 여름을 제 몸에서 다 말리며

고목을 오르던 나팔꽃송이들

돌아오는 길을 잃어 버렸다

한 짐 꽃을 지고 천천히 무게를 줄이는 저 소리의 집은

늙을 대로 늙은 古家다.

온 집안을 깨우던 아버지의 목소리 닮은 저 나팔꽃,

허공에 마지막 현기증을 터트려 놓았다.

마당 한편에 받쳐놓은 오래된 꽃지게.

해마다 여름이 가득 머물다 가지만

꽃처럼 화려한 날들은 더 이상

무릎을 펴고 일어나질 않는다.

올해 떨어진 씨앗은 다시 계절을 얻어

저 고목으로 오르겠지만

만남이란 따뜻한 날들의 일들만은 아닌 것이다.

호박

한입 베어 물면 퍼런 물이 줄줄이 나와 입술을 파랗게 물들일 것 같은 늙지도 못하고 그렇다고 애송이도 아닌 것이 식탁 위에 덩그마니 앉아 있다. 죽을 끓여 먹자니 늙지 않아서 안 되고 찌개 끓여 먹자니 뻣뻣해서 안 된다. 참으로 이렇게 쓸모없는 호박은 처음이다.

사람하고 똑 같다. 곁에 두고 있자니 골치 아프고 눈에 보이지 않게 멀리 보내자니 마음이 놓이질 않아 애가 탄다.

식탁 위에 호박덩이처럼 자식들은 언제나 애물단지임에 틀림없다. 머리가 커지니 웬만한 참견은 서로 조심하고 있지만 마음에 쉽게 들지 않는 것은 닥달하고 상처주기 쉬운 말로 아이들과 대화의 문을 닫아 버리는 것이 부모들일게다.

며칠 전 아들이 차를 바꾼다고 내 눈치를 보면서 말을 건넸다. 나는 단번에 안 된다고 단호하게 말했건만 며칠 지나지 않아 제법 가격이 나가는 차로 바꿔 버린 것이다. 단지 여자 친구가 좋아 해서다 분하고 허무했다. 부모는 다주어도 자식들은 모자란다고 투덜거린다.

며칠 생각 끝에 방법을 바꾸기로 했다. 약한 척 하는 것이다. 돈이 없

다며 모든 생활비를 반으로 줄여 버렸다. 난방은 물론 반찬값 자질구레한 생활용품을 아예 뚝 잘라 버렸다.

아이들이 처음에는 설마하니 농담이겠지 하더니 시간이 갈수록 현실로 받아들이는 것 같다. 집에 들어오면 눈치를 보기 시작했다.

딸에게서 쪽지 편지가 왔다. 자기들 앞에서 언제나 당당하고 부자였던 엄마, 우렁 각시처럼 자고 일어나면 무엇이던 다해주던 엄마의 반란이 무섭다며 화해를 구한다. 엄마 미안해요 저희들이 잘할게요, 뻔히 알면서 또 속는다.

생각해보니 나도 그다지 잘 한 것도 없는 것 같아 조금은 미안한 생각이 든다. 잠시 호박덩이를 바라보며 쓸모없이 자리만 차지하고 있다며 업신여기던 마음을 접기로 했다. 산처럼 쌓였던 많은 숙제들이 한마디에 무너지다니 나도 어쩔 수 없는 엄마임엔 틀림 없나보다.

길을 걷다가

　큰 보따리를 움켜쥐고 힘겹게 걸어가는 할머니가 길바닥에 주저 앉고 말았다. 그냥 지나칠 수 없어 손을 잡으려 하니 손사래를 친다. 그냥 가라며 몇 번이고 거절을 한다. 남의 호의를 무시하는 것 같아 기분도 조금 상했고 도와주지 않으면 어떻게 될 것 같아 오도 가도 못하고 서 있으니 할머니 아예 내가 보따리를 탐내는 여자인줄 알고 경계를 하기 시작했다. 119를 불러준다고 하는 나를 밀쳐내며 어려운 걸음을 걸어가고 있다.

　세상 인심이 변해가고 있다는 것을 실감하고 있다. 몇 해 전만 해도 길가다 무거운 짐을 들고 가는 이가 있다면 누가 먼저랄 것도 없이 달려와 도와주고 서로 인사하며 고마움의 표시로 집도 알려주고 다음 만날 날을 기약도 하곤 했다.

　이런 일이 있고 보니 이십대의 내 모습이 생각난다. 부모 곁을 떠나 직장 얻으러 서울로 가기 위해 버스터미널에 들렀다. 화장실에 가고 싶어 보따리를 옆에 앉은 아주머니께 부탁했다.

　화장실에서 돌아와 보니 가방과 함께 아주머니는 연기처럼 사라지고

없다. 그때 사람에 대한 상실감과 믿음이 사라져 한동안 사람 사귀는 것이 힘든 적도 있었다.

생각해보니 할머니의 경계심이 사회가 만들어 놓은 산물이 아닐까.

가다가 누구를 만나도 적이 아닌 동지로 반갑게 눈웃음으로 인사한다면 무조건 좋은 일만 생길 것 같다. 조금 시간이 되면 차에서 내려 걸어보는 길도 스트레스에 도움이 될 것 같다.

일상으로 다가서는 지난 일들이 바람처럼 일어서서 나에게로 왔다. 사람과 사람 사이로 섞여 사는 것 그런 것들이 늘 가슴 설레게 한다. 추억은 늘 모자라거나 지나치지 않는다.

길이 없어져 갈 곳이 막막해 질 때 누가 다가와 손잡아 주는 것이다. 그때 느끼는 정겨움과 고마움은 두고두고 삶에 활력소가 될 것이다.

열심히 살았던 지난날들을 들여다보며 흐린 황사 같은 날보다 봄이 피는 들녘을 바라보며 또 하루를 보낸다.

짱아의 심술

볼펜이 하나도 보이질 않는다. 침대 속을 뒤져 보니 몇 개의 볼펜이 쏟아져 내린다. 집을 비우는 동안 또 심술을 떨었다

가끔 깜빡 잊고 원고지와 볼펜을 침대위에 올려놓고 나가면 이렇듯 짱아의 심술이 시작된다. 밤새도록 써놓은 원고지를 몽땅 물어뜯어 내 옷가지로 덮어 놨다.

녀석이 태어날때부터 지어미 손을 거치지 못하고 내 손에서 크더니 아마도 내가 지 어민줄 아는가보다. 자꾸 내 품으로 파고드는 건 물론이고 어쩌다 나하고 교감이 안 되는 날이면 관심 가져 달라며 말썽 피우는 것이 영락없는 어린 아이 떼쟁이다.

가끔 동물의 농장을 보면 개들처럼 주인에게 충성 하는 동물은 없다. 버림받은 개들도 끝까지 주인을 기다리는 장면을 보면서 옛날 속담에 사람이 개만도 못하다는 말이 이래서 나왔을 것이다 .

쌀뜨물처럼 뽀얀 새벽 짱아가 행방불명이다. 분명히 남편 아침 운동 하러 갈때 따라 나선 녀석이 어디로 갔는지 감쪽같이 사라졌다. 어디가도 보이질 않는다. 동네방네 찾아다니니 사람들 한마디씩 한다. 이젠

사람보다 개가 더 대우를 받는다며 개 때문에 저 야단이냐며 못 마땅 한 듯 곁눈질로 흘기며 지나간다.

　녀석이 태어나던 날이 생각난다. 어미가 새끼를 낳다가 그만 죽어 버렸다 너무 애처러워 데려와 우유 먹여 키웠다. 점점 자라며 정이 들고 예쁜 옷을 입히며 사랑스러운 것이 제법 이쁜 짓을 했다. 가족을 잃는다는 것이 이런 거였을까. 가슴이 시리고 아프다. 보이지 않으니 어디서 헤메이며 애타게 우리를 찾을것 같아 더욱더 애가 탄다. 짱아를 잃어 버렸다는 소식을 듣고 딸이 일하다 달려왔다 평소 잘 다니던 들길을 가면서 부르니 어디선가 숨어 있다가 쪼르르 달려 나온다. 마치 이산가족 상봉처럼 붙들고 엉엉 운다. 내가 그렇게 부를 땐 꿈쩍도 않더니 딸애가 부르니 나온 것을 보니 나에게 삐졌나보다. 녀석이 슬슬 눈치 보며 내 곁으로 다가온다. 앞발로 툭툭 내 등을 쳐 보기도 하고 뒤집으며 애교를 부린다. 용서해달라는 표현이 사랑스럽다. 따뜻하게 데워 논 침대위로 올라가더니 지가 먼저 잠을 청한다.

　출근준비에 바쁜 나를 졸졸 따라 다니며 이제는 화장대에 앉아 킁킁

거리며 냄새를 맡고 있다. 외출하는 것을 안 녀석이 또 심란한 것이다. 오늘은 같이 놀아줄 인형을 사와야겠다.

현관문 앞에서 내가 귀가할 시간만 기다리고 있을 녀석을 생각하니 발걸음이 가벼워진다. 누가 기다리고 있다는 것이 이렇게 뿌듯하고 행복한 것인지 오랜 시간이 지난 후에야 알았다 .

가족을 이루고 오랜 시집살이를 거치면서 누군가가 날 기다리고 그리워 한다는 것을 모르는 체 원망만 했었다. 나 혼자만 외롭고 고달프고 기댈 곳도 없다 했는데 나를 걱정해주는 가족이 있고 든든한 남편이 있다는것 모든 것이 짱아를 키우면서 느끼고 있다. 집 잘지키는 녀석이 대견도 하고 서먹해진 우리사이에 징검다리 역할을 하는 고마운 녀석이다. 녀석 때문에 이젠 눈빛만 봐도 무얼 원하는지 알게 되는 센스도 생겼다. 사람이나 동물이나 식물도 사랑을 주고받으면 행복 하다는 것을 알고 난 뒤 철이 들기 시작했다.

무관심도 죄다

일산도로를 지나다 판문점이란 간판이 스쳐지나간다.

"판문점이네"

판문점이 철물점 할인 매장 아니예요?

뜨아! 아무리 젊은 세대라지만 이럴수가… 이건 아니지 남북으로 갈라진 아픔을 안고 살아가는 우리들이 무관심으로 중요한 것을 잊고 산다.

맘보할머니

　걸쭉한 목소리에 놀기 좋아하고 인정도 많아 퍼주기 좋아하는 그녀는 언제나 봄날이다. 아지랑이 피어오르는 들판에 파란 새싹만큼이나 행복 바이러스를 안겨주는 그녀는 밭에서 만나거나 길에서 만나도 항상 흥얼거리는 노래가 있다.

　"닐리리야 닐이리. 닐리리 맘보" 비가 오나 눈이오나 언제 어디서라도 마주치면 불러주던 노래다. 그래서 붙여진 이름이 맘보 할머니다.

　빨간 립스틱을 짙게 바르고 목에는 주렁주렁 매달린 액세서리가 어딘지 모르게 어색했다. 큰 가방을 끌고 동네어귀에 들어섰을 때 모두 반겨주며 좋아했지만 그동안 그녀의 안부가 궁금해 사람들은 탐색전을 펴고 있다.

　그녀가 이곳을 몇 년 전에 떠났다. 생활의 터전이었던 전답을 모두 팔아 아들 따라 미국으로 갔다. 어머니를 행복하게 해주고 싶다던 아들은 세상에도 없는 효자였다. 모두들 부러워하는 미국이었다. 어떻게 왔냐고 궁금해 하는데 활짝 웃는 얼굴로 예전에 특이하게 닐리리 맘보를 부르면서 사람들을 즐겁게 해주던 몸짓으로 답한다.

"아 내가 답답해 하니까 아들놈이 잠깐 다녀 오라구해서 왔지." 주섬주섬 선물보따리를 내려놓았다. 그녀와 이웃하고 살았던 우리 집에 짐을 풀었다. 그녀가 좀 이상하다고 느낀 것은 며칠이 지난 뒤였다. 평상시 명랑하고 웃음이 많던 그녀가 말수가 적고 멍하니 하늘을 쳐다보며 서있기를 몇 번이나 보였고 결국엔 눈물까지 흘렸다. 궁금해서 묻는 나에게 고향 냄새를 맡고 싶다며 들로 나가자고 했다.

마늘을 심어 놓은 밭뚝 사이로 아지랑이가 피어오르고 냉이가 파릇하게 올라와 거름냄새와 섞여 잔잔한 봄날은 평화롭기만한데 그녀는 슬픈 얼굴로 흙을 한 움큼 움켜쥐고 고향땅에 묻히고 싶다며 엉엉 울고 있다.

세상 부러울 것이 없어보이던 그녀에게 무슨 일이 일어난 것일까?

그 일이 있은 후 며칠 뒤 갑자기 그녀가 떠난다고 짐을 꾸리고 있다. 더 머물다 가시라고 붙잡는 나에게 말없이 손을 꼭잡아주었다. 그동안 고마웠다고 그리움을 가슴에 묻고 떠난다고 했다 .

그녀가 떠난 뒤 책상 서랍에서 편지 한통을 발견했다. 아들에게 매를

맞고 살다가 쫓겨나 돈 한 푼 없이 한국 땅에 왔단다. 며느리는 미국 남자하고 바람이나 도망가고 아들은 매일 술에 취해 마누라를 찾아 달라고 엄마를 두들겨 팼단다. 그래도 착한 아들이었다고 환경이 바뀌어서 사람이 변했을 뿐이라고 마무리를 지었다. 고향에 묻히고 싶어 하는 그녀는 도대체 어디로 간 것일까. 좀 더 신경 쓰지 못하고 그냥 보낸 것이 마음이 아프다. 무슨 일이 있으면 꼭 내 탓 일 것 같은 것이 마음이 편치 않다.

칠십이 넘은 그녀에게 삶이 힘들게 하는 어쩔 수 없는 현실이라고 말했어야 했을까 선반위에 얹힌 삶처럼 언제 누가 가져 갈지도 모르는 그런 날들을 그녀는 어떤 힘으로 버텼을지 생각만 해도 마음이 무겁다.

그런 생각이 미치자 옛날 일들이 떠올랐다 꽤 부잣집이었던 그와는 이웃이었다. 담장을 끼고 손만 내밀면 무엇이든 주고 받으며 정을 나누던 사이다. 고구마 많이 쪘다고 남편 몰래 넘겨주고 오일장에 가서 샀다면서 예쁜 머리핀 양말 등등… 사와서 주면 반가운 마음에 바로 머리에 핀을 꽂으면 젊어서 예쁘다며 좋아했다. 임신해서 배가 남산만큼 부

른 나에게 무거운 것은 들지 말라며 물동이, 여물통을 대신 들어주며 칭찬을 아끼지 않았다. 어른들하고 소리 없이 살아줘서 고맙다며 자기 일처럼 좋아했다.

모내기철이 시작되면서 그녀 생각은 까맣게 잊혀 가고 있을 때였다. 모내기를 하려고 물을 빼고 있는데 죽은 사람이 떠올랐다고 동네사람 들이 몰려갔다.

모두들 깊은 저수지 속에서 끌려오는 것에 집중을 하고 있다 뒤에 서 있던 나는 갑자기 심장이 떨려와 서 있을 수가 없었다. 그곳에서 도망 치고 싶었다. 도망치려고 하는 순간 누가 큰 소리로 이름을 부른다.

'맘보 할머니이다'

난 갑자기 아득해지는 것을 느꼈다. 아주 먼데서 메아리치듯 그녀가 춤을 추면서 나를 따라오고 있는 것 같다. 하늘만큼 땅만큼 그 많은 한 을 가슴에 안고 훠이훠이 손을 내저으며 덩실덩실 춤을 추며 푸른 논밭 을 오르락 내리락하며 춤을 추고 있다.

죽으면서까지 잊고 싶지 않았던 아들의 모습을 간직 하고 싶었는지

손에 꼭 쥔 것을 펴 보니 사진이었다. 물속으로 뛰어 들 때까지 아들 이름을 부르면서 갔을 것이다. 지금도 가끔 보내지 않았더라면 그녀의 삶은 좀 더 행복 하게 살다가 갔을까 하는 궁금증이 앞선다. 내 양심 때문에 공동묘지 끝자락을 보면서 그녀에게 위로를 받고 싶은 게다.

올 해도 그녀가 잠든 곳은 봄꽃이 가득하다. 유난히도 붉은 진달래꽃은 화려한 웃음을 주던 그녀를 닮았다. 이젠 나도 결코 길지 않은 삶을 생각하며 먼저 떠난 그녀를 그리워하고 있다. 아득한 추억의 뒷장이지만 지금도 아픔처럼 다가오는 것은 나도 그 나이가 되었기 때문일 거다.

가해자의 변명

“아니 어쩌다 그러셨어요. 멀쩡하신게 기적이네요. 그런데 가해자는 어디 있어요.”

“가해자요 글쎄요 잠깐 왔다가 그냥 가버려서 모르겠어요.”

경찰은 멀쩡한 전봇대가 꺾여 쓰러지고 들이 받친 자동차는 엔진이 부서져 까만 연기를 뿜어대고 있고 태연하게 서 있는 날 보고 좀 황당하다는 표정을 짓고 있다. 사이렌을 숨 가쁘게 울리며 달려온 구급차가 멀쩡해 보이는 나를 차에 태웠다.

가해자!!!

생각만 해도 괘씸한 놈이 날 골탕 먹인 생각을 하니 약이 오른다.

이 억울한 일들은 중국 여행지서부터 계속 이어지고 있다. 넓은 나라 중국을 이해하고 그 나라 생활을 배워오기 위해 떠났건만 공항에 도착하자마자 가방을 잃어버려 여행을 망치고 있었다. 중국에는 모두 날씬한 여자들만 사는지 옷을 사기위해 백화점, 시장을 헤매고 다녀도 몸에 맞는 옷이 없었다. 4박 5일의 여행은 서서히 망가져 가고 있었다.

머릿속에 눈속에 담아 와야 할 것 많고, 많은 계획 속에 이루어졌는데

시작부터 무언가 잘못되어가고 있었다. 며칠 지나면 가방이 돌아 올 것이라는 가이드의 말은 허공으로 사라지고 몸에 맞지 않은 중국 남자의 옷을 입고 거리를 활보하고 있다. 꼬락서니가 우습게 되어 버린 내 모습을 같이 간 식구들이 숨죽여 웃는다. 그 황당한 모습이 기억 될 만한 사건을 만들어 놓고 온 것뿐이다.

넓고 넓은 천안문 광장과 끝이 보이질 않던 만리장성을 뒤로 하고 여정을 마치고 돌아와 첫 출근하는 날 대형 사고를 친 것이다. 창문사이로 주인의 허락도 없이 날아들어 그 놈을 잡으려다 가해자 아닌 피해자가 된 것이다.

갈비뼈 금이 갔고 타박상으로 꼼짝없이 입원해야 할 신세가 됐다. 이렇게 만든 놈은 지금쯤 넓은 저수지 강둑 위를 유유히 날고 있을 것이다. 꼼짝없이 손발이 묶어 있게 된 후 많은 것들과 관계에 대해 생각하게 된다.

우리는 누구나 한번쯤은 가해자가 되어 나 아닌 다른 사람에게 피해를 주고 산다. 태어난 순간부터 숨을 거둘 때까지 가해자가 되고 피해

자가 되어 끊임없이 엉키어 살아가고 있다. 생각하면 내가 피해자가 되고 그 놈이 가해자가 되더라도 그리 억울할 것까진 없을 것 같다. 많은 사람들이 관계와 관계 속에서 산다. 혼자는 외롭고 불안한 존재지만 내게 모자라는 것을 외부와의 관계를 구하면서 많은 경험을 하며 삶에서 더 중요한 것은 배우며 산다.

가해자가 되어 나타난 그 놈을 한때는 너무 좋아 뛰어다니며 잡으려 했고 장독 밑에나 너른 들판 위에 짝지어 훨훨 날아다니는 것을 보면서 행복한 시간을 보낼 때도 있었다. 코스모스 길게 늘어선 동네 어귀에는 언제나 그와 함께 있었고 꿈길처럼 아득했던 저수지 강가에는 신비의 길이요, 마음의 영역을 넓히고 수양과 덕을 쌓는 향기로운 길이었다.

어느 땐가부터 고마운 이 길을 잊고 지나다 큰일을 겪은 것이다. 무신경했던 나에게 가해자는 정신이 번쩍 나게 해준 샘이다.

오늘도 그 길을 지나간다. 때가 묻지 않은 회백색의 늘씬한 전봇대, 자동차쯤이야 퉁겨 낼 정도로 단단하게 수리되어 있건만 가해자는 간 곳이 없고 피해자는 아물지 않은 상처를 안고 그 길을 지난다.

발달린 안경

눈에 보이는 것이 없다. 사물이 흔들리고 보이는 세상이 뿌얀 안개속이다.

늦잠 자다가 중요한 약속에 늦어 서두르고 있다. 몸은 바쁘고 행동은 굼뜨고 찾아야할 안경이 보이질 않는다. 온 집안을 뒤져도 보이질 않는다. 어디로 갔는지 환장할 노릇이다. 몸에 일부처럼 항상 끼고 있었기에 중요한 점을 잊고 살았는데 눈앞에 보이질 않으니 어찌할 바를 모르고 쩔쩔매고 있다. 차를 운전하고 가야 하는 상황이기 때문에 대신할 수 있는 무엇을 찾아야 했다. 창밖을 보니 살얼음이 약간 끼어 있어 얼른 나설 용기가 나질 않는다. 그래도 운전대 위를 살펴보니 선글라스가 있다. 도수가 들어있어 그런대로 좋을 것 같아 행사장으로 향했다.

숙연하고 정숙해야할 자리에 선글라스를 끼고 나타나니 모두 궁금해한다. 쌍꺼풀 했냐고 묻는 사람, 한 대 얻어 맞았냐고 묻는 사람 등등… 여러 사람들 눈총이 따가워 구석으로가 자리를 잡는다.

잠시 있으려니 개구쟁이 정호 녀석이 가만히 다가와 속삭인다.

"맹인 안마사 같아요." 라며 하얀 쪽지를 주는데 구멍이 숭숭 뚫렸

다. 뭐냐고 묻는 나에게 점자를 만든 것이라 하며 좋아한다. 여기저기서 쏠리는 따가운 눈총이 움츠려 들게 한다.

사람이 살아가면서 어디 완벽하기만 하겠는가. 더러는 실수도 하고 잊기도 하고 2%로 모자란듯 살기도 하는 것이 아니겠는가.

항상 옆에 있어도 고마운 걸 잊고 아무렇게나 함부로 하는가 하면 없어질 때까지도 소중한 걸 모르는 것이 어디 안경뿐이겠는가. 주위를 살펴보니 너무도 소중한 것들이 많다. 없어서는 안 될 가족들, 친구, 이웃 바람과 꽃, 하늘, 별, 달 어느 것 하나하나 귀하지 않은 것 없으니 참으로 감사하다.

많은 것을 잃고도 의연하게 자리를 지키는 사람들을 보면 새삼 존경스러워진다.

실내에서 혼자만 검은 안경을 쓰고 있자니 주위 사람들이 신경 쓰이고 사물도 흐릿해 필기하기도 어려워 진퇴양난이다. 이놈에 건망증이 나를 힘들게 한다. 얌전히 벗어 놓은 안경이 어디로 갔단 말인가. 당분간 사람 얼굴도 식별하기 어렵고 책보는 것도 중지다. 안경 다시 맞출

생각을 하고 집을 나서는데 남편에게 문자가 왔다.

"당신 안경 찾았어. 냉장고에 꽁꽁 얼어 있던데 쉴 까봐 거기다 뒀
어?"

찾았다는 안도감보다 왠지 서글퍼진다. 갈비뼈 사이로 휭 하니 바람
이 지나간다.

리모콘이 핸드폰 되다

아침부터 울려대던 애물단지가 오늘은 꿈쩍도 안한다. 혹시 오늘이 중요한 행사가 있다는 것을 알고나 있는 것처럼 말이다.

그것도 잠시 전화통화가 왜 안되느냐고 난리다 어라??? 분명히 핸드백 속에 얌전히 넣어가지고 왔는데….

열어보니 핸드폰대신 리모컨이 떠억 버티고 있다.

나만 그런줄 알았다. 덜렁거리고 남보다 더 바쁜척하며 건망증이 심하다는 것 그러나 이야기를 듣다보니 옆집도 앞집도 친구들도 모두 맞장구를 친다. 아~하 세상살이가 그런가보다. 건망증 때문에 실망 절망하지 않기로 했다. 모든 이들과 버물려 양념 넣고 때로는 고추 가루도 뿌리고 매운것 단것 다 맛보면서 살아야겠다. 그것이 인생이라면….

그 즈음에

　누가 나이를 물으면 40대 라고 말을 하고 정말 내가 그런 줄 알고 착각하고 산다. 늙어감에 비애가 아닌 좀 더 젊게 살아보자는 의식으로 살다보니 나이에는 별의미를 두고 살지 않는다. 알 수 없는 것은 내 나이를 자주 까먹고 산다는 것이다. 그런 것들이 좋은 일 일수도 있고 나쁜 일 일수도 있지만 자주 어울리는 사람들이 주로 10년 연하인 사람들이 많다. 그렇다 보니 가끔 상처 받을 일이 생길 때도 있다. 알고 보면 너무도 쉬운 착각을 자신 스스로가 믿지 않는 것이 문제다. 그 또래의 관심이 집중되는 대화들이 나에게는 흥밋거리가 되지 않는다. 스스로가 생각이 트였고 누구 못지않은 열린 생각을 가졌다고 했건만 어느 대목에서 단절된 대화가 시작되고 이질감으로 거리가 생길 때 그들보다 훨씬 더 살아온 나이라는 것을 실감하게 된다. 생각의 벽이 커다란 산처럼 느낄 때 나도 어쩔 수 없이 나이가 들어가고 있구나 하며 자신의 그림자들을 돌아보게 된다.

　성인이 된 아이들과의 대화에서도 내가 알아듣지 못한 말들이 불쑥 튀어 나올 때 소외감이 바람처럼 흔들다 지나간다. 나에겐 식지 않은

뜨거운 열정이 있다고 자부하며 살았는데 허물어지는 일들이 여기저기 생겨난다. 아무리 운동을 하고 노력을 하지만 신체적 조건이 따라주질 않아 난감 할 때도 있다. 여름 끝자락에서 코스모스 길게 늘어선 거리를 아무 이유 없이 걸어보고 싶을 때도 있고 달맞이꽃이 핀 저수지 길을 연인과 걸어보고 싶은 감성은 여전한데 고집은 자기 주장만 앞세워 이유 없이 화를 내고 누가 뭐라 하면 서운한 마음이 먼저여서 삐지기 일쑤니 늙어감을 인정할 수밖에 없다. 나이 들면 시어머니처럼 그런 늙음은 절대로 하지 않겠다던 맹세는 어디로 갔는지 수도 없는 벽을 쌓고 허물고 하며 밤을 지새운다. 어떤 분은 자식들에게 이런 말을 했단다. 늙어서 망령이 나면 잘 때 베게로 꾹 눌러달라고 부탁을 했다는 말을 듣고 웃었는데 정말 그런 일이 생길 것 같아 미리부터 걱정이다.

10일간의 침묵

말할 수 없는 것과 말하고 싶어도 할 수 없는 것 차이가 크다. 가슴은 가득한데 입만 벙긋벙긋 정말 괴롭다. 감기로 인해 목이 잠겨 쉰 목소리만 날뿐 말이 나오질 않는다. 할 일은 많고 만나는 사람들과의 대화도 끊겨버려 외출하는 것이 귀찮아지기 시작했다.

거대한 몸의 일부에 작은 고장이 났다고 이렇게 불편할 줄이야. 의욕을 상실하기까지는 짧은 시간이었다. 저녁 준비 때문에 시장을 갔다. 목소리가 안 나오니 버벅거리며 말을 하니 아예 말 못하는 사람인 줄 알고 손짓 발짓으로 의사소통을 한다. 몇 번의 시행착오 끝에 겨우 원하는 물건을 사들고 집으로 돌아와 한숨 짓는다.

한 번도 남의 불행에 대해서 깊게 생각하며 살아 본적이 없다. 그저 안됐다고 어쩌냐고 잠시 동정의 눈길이나 주고받았을 뿐 그들이 받았을 고통이나 불편을 애써 알려하지도 않았고 관심을 두지도 않았다. 결국 내가 고장이 나고 나서야 다른 이들의 불편함을 알게 되니 너무 이기적으로 살지 않았나 생각된다.

그러나 누가 알까 어느 날 갑자기 나도 장애인이 될 수 있다는 것을

의사소통이 되지 않아 말할 수 없는 순간순간 반벙어리로 살아야 했던 15일간의 침묵이 끔찍하다.

가끔 남편하고 싸우고 서로 말문을 닫고 산다. 그러다가도 깜박 잊고 말을 먼저 걸면 빙긋이 웃는 남편은 한마디 한다. 건망증 때문에 화해가 된다고.

사람 살아가는데 큰 기대치를 가지고 사는 것은 없다. 작은 들꽃 하나에 사랑을 느끼고 쉽게 지나칠 수 있는 작은 일에도 관심을 보이며 도와준다면 그것이 사는 재미가 아니겠는가. 꼭꼭 닫힌 마음을 이젠 풀고 살아야 겠다 가끔은 뒤도 돌아보면서 발걸음을 내딛는 것도 살만 하리라.

연습이 필요 없는 인생수업을 받았다. 지독한 감기가 나를 새로운 사람으로 거듭 나게 했다.

이장님 이장님 우리이장님

2011년 10월 5일 초판 발행

저   자 : 이미숙
발행자 : 서양희
발행처 : 도서출판 파란
편집인 : 최정훈

경기도 용인시 처인구 김량장동 293-16
전화 : 031-338-9896 / 팩스 : 031-338-9897
등록번호 : 제2006-06호

가격 : 8,000원

ISBN 978-89-93569-16-2 03810